치즈

휴머니스트 세계문학 029

치즈
KAAS

빌럼 엘스호트 | 금경숙 옮김

차례

일러두기

1. 번역 대본으로는 Willem Elsschot, *Kaas*(Athenaeum-Polak&Van Gennep, 2005)를 사용했다.
2. 주석은 모두 옮긴이 주다.
3. 본문 중 굵은 글씨는 원서에서 이탤릭체로 강조한 부분이다.

얀 흐레스호프*에게

그 목소리에 잠자코 귀 기울인다.
헐떡이고 쉰 목소리지만 강인하고
단조로 노래하듯
인간의 일상다반사를 저주하는 목소리.

그 입꼬리를 따라간다.
잘못 아문 상처 같은
웃으면, 모든 것을 표현하는 입
그토록 치열하게 말로 포착한 것들.

그에게는 아내와 자식과 친구들이 있고,
그에게는 연인들도 아주 많아
비할 데 없이 즐거움을 느끼지.
그러나 얀 흐레스호프는 오롯이 혼자다.

그는 찾고 바라보고, 희망하고 기다린다.
이 밤에서 저 밤까지.

● 네덜란드의 시인, 문학평론가, 언론인인 얀 흐레스호프(1888~1971).

무슨 소리가 들려 일어나 앉는다.

그는 브뤼셀에서 자신의 최후를 기다린다.

앞으로 나가, 사랑스러운 얀, 채찍을 휘둘러,

그 쓰레기들에게 피멍 자국을 남겨!

그 무리를 당신의 길에서 다 쓸어버려.

당신의 심장이 뛰는 한.

등장인물

프란스 라르만스 종합 해양 조선 회사의 사무원, 이후 사업가, 그러다 다시 사무원으로 돌아간다.

라르만스의 어머니 (아이처럼 노망이 들어 죽어간다.)

의사 라르만스 프란스의 형.

판스혼베커 의사 라르만스의 친구이자 모든 일의 발단.

호른스트라 암스테르담의 치즈 거래상.

피너 라르만스의 아내.

얀과 이다 라르만스 부부의 자녀들.

페이테르스 부인 담석증을 앓고 있는 이웃집 부인.

아나 판데르타크, 타윌, 에르퓌르트, 바르테로터 종합 해양 조선 회사의 사무원.

보르만 사업 문제 전문 상담가.

피트 영감 종합 해양 조선 회사의 기관사.

판데르제이펀 2세 라르만스와 동업하길 원한다.

판스혼베커의 친구들

작품 요소

치즈 치즈 꿈. 치즈 영화. 치즈 회사. 치즈의 날. 치즈 시즌. 치즈 광산. 치즈 세계. 치즈호(號). 치즈 거래. 치즈 분야. 치즈 로망. 치즈 애호가. 치즈 인간. 치즈 공. 치즈 거래상. 치즈 트러스트. 치즈 괴물. 치즈 재앙. 치즈 유언장. 치즈 판타지. 치즈 벽. 치즈 문제. 치즈 수레. 치즈 시련. 치즈 탑. 치즈 상처.

가프파(G. A. F. P. A.) 제너럴 안트베르펜 피딩 프로덕츠 어소시에이션(General Antwerp Feeding Products Association).

푸른모자 물류 회사의 지하 저장고

라르만스의 사무실 전화기, 마자랭 책상,• 타자기.

주사위 게임 상자

● 뷰로 마자랭. 사무용 책상의 초기 형태다.

1

드디어 다시 편지를 쓰게 되었군. 판스혼베커 씨 덕분에 큰 일이 벌어지려는 참이라서 말이야.

내 어머니가 돌아가셨다는 걸 자네도 알아야 할 것 같네.

물론 유쾌한 이야기는 아니지. 어머니 본인에게도 그렇지만 죽기 살기로 어머니를 돌본 누이들에게도 그렇지.

어머니는 나이가 들 대로 드셨어. 몇 해 전 일이라 정확한 연세는 모르겠네. 지병이 있던 건 아니지만 완전히 쇠약해지셨어.

큰누님이 어머니를 모시고 살았는데 어머니에게 참 잘하셨어. 빵을 우유에 적셔드리고 배변을 돌봐드리고, 그리고 소일

거리로 감자 껍질을 깎게 해드렸지. 어머니는 감자 껍질을 깎고 또 깎으셨어. 전투부대 식량 준비라도 하는 듯했지. 우리는 다들 자기가 먹을 감자를 누님 집으로 가져갔고, 그러다 어머니는 위층 부인네와 몇몇 이웃집의 감자까지도 깎게 되었지. 왜냐하면 깎을 감자가 동이 나자 이미 깎은 감자를 한 양동이 드리면서 다시 깎으시라고 한번 해보았더니, 글쎄, 어머니는 눈치를 채고 기가 찬다는 듯이 그러셨거든. "그건 다 깎은 거잖아."

어머니가 손도 말을 듣지 않고 눈도 잘 보이지 않아 이제 감자를 깎지 못하게 됐을 때, 누님은 오랫동안 써서 뭉친 데가 많은 양모 이불과 솜이불을 어머니에게 주며 솜을 풀게 했어. 그러니 엄청난 먼지가 일었고, 어머니는 머리부터 발끝까지 온통 보풀을 뒤집어썼지.

그렇게 낮이나 밤이나 일은 계속되었어. 어머니는 졸다가 솜을 풀다가 졸다가 다시 솜을 풀었지. 그러다 가끔은 누구를 향한 것인지 모를 미소를 짓기도 하셨어.

어머니는 돌아가신 지 막 다섯 해가 된 아버지에 관해서는 전혀 알지 못했어. 두 분 사이엔 자식이 아홉이나 되었지만, 아버지는 존재한 적도 없었던 거지.

나는 어머니를 뵈러 가면 한 번씩 아버지 얘기를 꺼내고는 했는데, 그러면 어머니가 생기를 되찾지 않을까 싶었어.

그러다가 어머니에게 진짜로 크리스트를 모르시냐고 물어 보았어. 크리스트는 아버지 이름이거든.

어머니는 내 말을 알아들으려고 용을 쓰셨지. 뭔가를 이해 해야 한다는 걸 이해하는 듯 보였고, 자리에서 몸을 앞으로 내밀어 나를 응시했는데, 긴장한 표정에 관자놀이에는 핏줄 이 부풀어 올랐지. 꺼져가는 램프가 작별을 고할 때와 같이 금방이라도 터져버릴 듯한 모습이었어.

하지만 불꽃은 짧은 전투 후에 다시 잦아들어 꺼졌고, 그러 면 어머니는 골수에 사무치는 그 미소를 지으셨어. 내가 너무 오랫동안 채근하면 어머니는 무서워하셨어.

아니, 이제 어머니에게 과거란 존재하지 않았네. 크리스트 도 없고 자식들도 없고 그저 솜을 푸는 일밖에 없었지.

다만 한 가지 생각은 어머니의 머릿속을 떠나지 않고 불쑥 불쑥 떠올랐는데, 바로 어머니가 살았던 집 가운데 한 집의 융자금에서 마지막 남은 푼돈을 아직 갚지 않았다는 사실이 었어. 어머니는 얼마 안 되는 그 돈을 이제라도 모아서 갚고 싶었을까?

착한 우리 누님은 어머니 옆에 앉아 있으면서 마치 자리에 없는 사람처럼 어머니 얘기를 하곤 했어.

"어머니가 오늘은 식사를 잘하셨어. 아주 까다롭게 구셨 고."

어머니는 더는 솜을 풀 수 없게 되었을 때도 한동안은 파란 핏줄이 드러난 뼈마디 굵은 손을 무르팍에 나란히 올려놓고 있거나 아직 솜 풀기의 여파가 남아 있는 듯 앉은자리에서 몇 시간씩 손가락을 계속 움직였어.

어머니는 이제 어제와 오늘을 구분하지 못했어. 둘 다 어머니에게는 그저 '지금이 아닌' 시간일 뿐이었지.

시력이 나빠져서 그런 것일까? 아니면 항상 나쁜 귀신들에게 시달리고 있어서 그런 것일까? 어쨌거나 어머니는 밤인지 낮인지 더는 구분하지 못했고, 자고 있어야 할 시간에 일어났고 말을 해야 하는데 자고 있었어.

어머니는 벽이나 가구를 짚으면 아직은 어느 정도 걸을 수 있었어. 그래서 식구들이 다 잠든 밤중에 일어나 간신히 걸어서 의자에 앉은 다음, 있지도 않은 솜을 푸는 시늉을 하거나 누구에게 커피라도 끓여주려는지 커피 분쇄기를 한참 동안 찾아 헤맸지.

그리고 흰머리 위에는 늘 그 검은 모자를 쓰고 계셨어. 외출 채비라도 하는 것처럼 밤에도 말이야. 자네, 마법을 믿나?

어머니는 마침내 자리에 누웠고, 모자를 벗기는데도 체념한 듯 내버려두시는 걸 보니 알겠더군. 어머니가 다시는 일어나지 못하리라는 것을.

2

그날 밤 나는 '동방박사' 술집에서 한밤중까지 카드를 치고 페일 에일 맥주를 넉 잔이나 마신 탓에 잠들면 업어 가도 모를 정도로 곯아떨어질 형편이었어.

아내는 벌써 오밤중인데 괜히 깨워서 잔소리를 듣고 싶지 않았기 때문에 나는 최대한 소리를 내지 않고 옷을 벗으려고 했지. 그런데 한쪽 다리로 서서 양말을 벗다가 침대 옆 탁자에 엎어지는 바람에 아내는 소스라치며 잠이 깨고 말았어.

"꼬락서니하고는" 하며 시작됐지.

그때, 조용한 집 안에 초인종 소리가 울려 퍼졌고, 아내는 벌떡 일어나 앉았네.

밤에 울리는 초인종 소리에는 어떤 엄숙함이 담겨 있지.

우리 둘 다 현관의 벨 소리가 잦아들 때까지 기다렸어. 나는 가슴이 콩닥거리고 양손으로 오른발을 붙잡은 채였지.

"무슨 일일까?" 아내가 속삭였어. "창문으로 한번 봐요. 당신은 아직 옷을 다 안 벗었잖아."

평소 같으면 그렇게 끝날 잔소리가 아니었지만, 초인종 소리가 아내의 입을 다물게 한 거지.

"당신이 내다보지 않으면, 내가 직접 갈 거야" 하고 으름장을 놓더군.

하지만 나는 무슨 일인지 알았어. 다른 일일 리가 있겠나?

밖을 보니 우리 집 문 앞에 그림자 하나가 서서 자기는 오스카르인데 내게 당장 어머니에게 같이 가자고 소리치고 있었어. 오스카르는 매형 중 한 명으로, 이런 일에 절대 없어서는 안 될 사람이지.

나는 아내에게 사정을 설명한 다음, 다시 옷을 꿰어 입고 현관문을 열었어.

"오늘 밤을 못 넘기신다." 매형이 장담했지. "사투가 시작됐어. 날이 차니까 목도리 둘러."

나는 순순히 매형 말을 따르며 함께 갔네.

밖은 조용하고 청량했고, 우리는 급히 무슨 야간 근무를 하러 가는 사람들처럼 성큼성큼 걸어갔어.

어머니 집에 도착하자 나는 아무 생각 없이 초인종에 손을 뻗었고, 그러자 오스카르가 나를 제지하더니 정신이 나갔느냐며 우편함 뚜껑을 살그머니 달그락거렸지.

내 조카, 그러니까 오스카르의 딸이 문을 열어주었네. 조카딸은 우리 뒤에서 소리 없이 문을 닫으며 내게 어서 올라가보라고 했고, 나는 오스카르를 뒤따라 위층으로 올라갔어. 모자는 이미 벗어 들었지. 어머니 집에서 평소에는 하지 않던 행동이었지.

형님과 누이 셋, 그리고 윗집 부인이 부엌에 모여 앉아 있었고, 그 옆방에 어머니가 여전히 누워 계신 게 틀림없었지. 거기 아니면 어디에 누워 계셨겠나.

우리의 사촌이기도 한 나이 든 수녀가 임종 방에서 부엌으로 소리 없이 쓱 나왔다가 다시 들어갔네.

다들 나를 나무라듯이 쳐다보았고, 그중 한 사람이 내게 속삭이며 인사했지.

나는 서 있어야 하나, 아니면 앉아 있어야 하나?

서 있자니 바로 다시 갈 사람처럼 보일 성싶었어. 그런데 앉아 있자니 어머니의 이런 상황마저도 태평스레 받아들이는 것처럼 보일 것 같았지. 하지만 다른 사람들도 다들 앉아 있길래 나도 의자 하나를 들고 조금 뒤쪽으로 가서 전등 불빛이 비치지 않는 곳에 앉았네.

집 안에는 예사롭지 않은 긴장감이 감돌았지. 혹시 시계를 멈추어놓아서 그랬을까?

부엌은 지랄 맞게 더웠어. 그리고 여자들은 양파 껍질을 까고 난 것처럼 눈이 퉁퉁 부어 있었지.

나는 무슨 말을 해야 할지 모르겠더군.

어머니 상태가 어떤지 물어보기도 그렇고. 배가 떠났다는 건 다들 알고 있었으니까.

우는 편이 가장 좋았겠지만, 어떻게 시작하는 건지? 그냥 갑자기 흐느낀다? 아니면 눈물이 나건 말건 손수건을 꺼내 눈가를 훔칠까?

빌어먹을 그 페일 에일의 술기운은 좁은 부엌의 열기로 인해 그제야 올라오기 시작해서 땀이 쏟아져 나왔어.

나는 뭐라도 하려고 자리에서 일어났네. "가서 한번 보고 와" 하고 의사인 형님이 말하더군.

형님은 그리 큰 소리도 아니고 아주 평이하게 말했지만, 나의 오늘 밤 행차가 소기의 목적을 달성해야 한다는 사실을 확실히 깨닫게 해줄 만큼은 컸지.

나는 형님의 권유를 따랐어. 그거야 술기운에다 부엌의 열기와 긴장감 때문에 욕지기가 날까봐 걱정됐기 때문이었지. 물론 사람들은 내가 상심한 탓이라고 여길 수도 있겠지만, 내가 진짜로 토하기 시작했다면 어땠을지 상상해보게.

어머니 방은 부엌보다 서늘했고 거의 캄캄할 정도였네. 그건 나한테도 나쁘지는 않았지.

침대 협탁 위에는 촛불 하나가 외로이 타고 있었는데, 높은 침대 위에 누워 있는 어머니를 비추지 못했기 때문에 나는 죽음과 싸우고 있는 어머니의 모습에 괴로워하지 않아도 되었어. 침대 옆에는 사촌 수녀가 앉아 기도하고 있었지.

거기서 한동안 서 있는데, 형님도 들어오더니 협탁 위의 촛불을 횃불처럼 높이 치켜들고 어머니를 비추었어.

그러더니 뭔가를 보았는지 부엌문으로 가서 모두 다 들어오라고 하더군.

의자를 미는 소리가 들리더니 사람들이 들어왔어.

잠시 후 큰 누님은 이제 다 끝났다고 말했지만, 사촌 수녀는 아직 눈물 두 방울이 떨어지지 않았다며 반박했네.● 그게 혹시 어머니에게서 나왔어야 하는 거였나?

어쨌든 그러고도 족히 한 시간은 더 지났고, 나는 여전히 술기운이 가시지 않았는데, 그때 누군가 어머니가 돌아가셨다고 선언했어.

그 말이 맞더군. 내가 속으로 어머니에게 똑바로 일어나 앉아서 그 가공할 만한 미소로 저 패거리를 모조리 내쫓아버리시라고 명령을 내려보아도 아무 소용 없었으니까. 어머니는 죽은 사람만이 할 수 있는 자세로 꼼짝 않고 누워 계셨어.

이후의 일은 꽤 빨리 진행되었고 내가 거기 있거나 없거나 별 차이는 없었을 거야.

여자들은 눈물의 합창을 부르기 시작했고 나는 함께 장단을 맞출 수도 없었어. 그때 내 몸에는 한기만 들었지.

그들은 그 많은 눈물을 대체 어디에서 가져오는 것인가? 그건 처음 흘리는 눈물이 아니라고 얼굴에 그렇게 쓰여 있었

● 안트베르펜과 가까운 브뤼허 근방에서는 특히 눈물을 죽음이 임박했다는 표시로 보았다.

거든. 다행히 형님 역시 울지 않았어. 하지만 형님은 의사여서 그런 상황에 익숙하다는 것쯤은 다들 알고 있는 사실이니 나만 난감한 처지인 셈이었지.

나는 여자들을 포옹하고 손을 꽉 잡아주는 것으로 무마해 보려고 했네. 그런데 황당하게도 어머니가 방금 전까지는 살아 계셨다가 이제는 안 계신다는 깨달음을 얻게 되더군.

어느새 누이들은 울음을 뚝 그치더니 물과 비누, 수건을 가져와서 어머니를 씻기기 시작했네.

나는 그새 술이 완전히 깼어. 그건 나도 최소한 남들만큼은 마음이 아프다는 증거인 셈이지.

어머니의 단장이 끝날 때까지 나는 다시 부엌에 가서 앉아 있었고, 다시 우리는 침실로 불려 들어갔어.

그 잠깐 동안 누이들은 정말 많은 일을 해놓았으니 어머니의 옥체는 사실 살아생전 감자 껍질을 벗기거나 이불솜을 풀면서 미소 지을 때보다 더 좋아 보였어. "이모 진짜 곱다." 사촌 수녀는 만족스러운 눈길로 침대와 어머니를 보면서 말했지.

사촌 수녀는 당연히 알지. 리르의 검은 수녀회● 소속이니

● 성 아우구스티노 수도회 소속으로 네덜란드 남부 지방에서 흑사병 환자를 돌보던 수녀회를 '검은 수녀회'라고 부른다. 벨기에의 도시 리르의 검은 수녀회가 잘 알려져 있다.

까. 젊어서부터 죽을 때까지 이런저런 환자들을 맡아 임종을 지키는 수녀들 말일세.

그런 다음 조카딸이 커피를 내어 왔는데 여자들은 커피를 대접받을 만큼 일을 했네. 오스카르는 자기 친구에게 장례를 맡겨도 좋다는 허락을 받았는데, 오스카르 말로는 다른 데보다 일도 잘하고 저렴하다고 하더군. "그렇게 해요, 오스카르." 큰 누님은 비용 문제 따위에는 조금도 관심 없다는 듯이 노곤하게 손을 내저으며 말했네.

이제 회동은 끝을 향해가고 있었지만 나는 제일 늦게 온 사람이라 차마 모범을 보일 용기는 내지 못했네.

누이 중 하나가 아직도 눈물을 몇 방울 흘리면서 하품을 했고, 그때 형님은 모자를 쓰더니 다시 한번 모두의 손을 잡아주고는 집으로 돌아갔어.

"나도 카럴 형님과 같이 갈게." 내가 말했지.

내가 그날 입 밖으로 뱉은 첫마디였을 거야. 그 말은 내가 형님을 위해서 같이 가준다는 인상을 줄 수도 있었지. 아무리 의사라고 해도 위로해주는 사람이 필요한 법이니까.

그렇게 해서 나는 어머니 집을 나오게 되었어.

우리 집 침실에서 다시 양손으로 발을 잡고 양말 한 짝을 벗었을 때는 새벽 3시였네.

나는 쓰러져 잠이 들었는데 아내에게 다 이야기하자니 길어질까봐 그저 상황이 달라진 건 없다고만 말하고 말았어.

장례식에 관해서는 별로 할 말이 없네. 평범한 장례였고, 내가 장례식을 통해 판스혼베커 씨와 엮이지 않았다면, 장례식도, 어머니가 돌아가신 일에 대해서도 언급할 일이 없겠지.

장례 관습대로 형님과 나, 매형들과 사촌 넷은 관을 나르기 전에 관 둘레에 반달 모양으로 서 있었어. 이제 먼 친척들과 친구, 지인들이 방 안에 들어와 돌아가면서 조의를 표하는 말을 속삭이거나 바로 내 눈앞에서 엄숙한 시선을 보내면서 일일이 악수를 나누었네. 문상객이 많이 왔어. 사실 많아도 너무 많았지. 장례식이 너무 길어졌으니까.

아내가 내 팔에 상주 완장을 채워주었어. 형님과 나는 장례가 끝나면 소용없어질 상복은 짓지 않기로 했었거든. 그런데 그 염병할 완장이 너무 커서 계속 팔에서 흘러내리지 뭔가! 악수를 서너 번 하고 나면 번번이 다시 끌어 올려야 했지.

그런데 그때 형님의 친구이자 고객인 판스혼베커 씨도 문상을 왔어. 남들이 하듯이 조문을 했지만 더 세련되고 겸손해 보였지. 세상 물정에 밝은 사람임을 한눈에 알아볼 수 있었네.

그는 교회와 묘지까지 따라왔고 장례가 다 끝났을 때 나와 형님과 함께 같은 차에 탔어. 형님이 그에게 나를 소개했는데 그가 나더러 자기 집에 한번 들르라고 초청을 하더군. 그래서 나는 그 말대로 했네.

3

판스혼베커 씨는 유서 깊고 부유한 가문의 신사야. 독신이며, 이 도시에서 가장 아름다운 거리에 있는 저택에 혼자 살고 있지.

돈이라면 넘쳐나고 그의 친구들도 다들 돈이 많아. 친구라는 이들은 대부분 판사, 변호사, 아니면 전현직 사업가들이지. 그 모임에서는 못해도 자동차 한 대씩은 다들 갖고 있다네. 판스혼베커 씨와 내 형님, 그리고 나만 빼고는 말이지. 물론 판스혼베커 씨는 본인이 원한다면 언제든 차를 뽑을 수 있고, 그의 친구들이 누구보다 그 사실을 잘 알고 있지. 그들은 판스혼베커 씨에게 참 별나다며 "저 까탈스러운 알베르트!"라고 혀를 차고는 했네.

형님과 나는 사정이 좀 다르지.

의사인 형님은 자동차가 없는 것에 어떤 신통한 변명거리가 없어. 형님은 자전거를 타고 다니고, 그래서 자동차를 탈 법도 하다는 인상을 주기에 더욱더 그렇지. 하지만 우리 같은 따라지들에게 의사란 거룩하기가 성직자 다음이 아니겠나. 그러니 형님은 의사라는 직업만으로 자동차 없이도 어느 정도 폼이 나는 것이지. 그 세상에서 사실 판스혼베커 씨가 돈이나 간판이 없는 친구를 모임에 끼워줄 권한은 없으니까 말이야.

판스혼베커 씨는 모임에 낯선 손님이 등장하면, 그 신입을 쫙 소개하는데 원래 신분보다 최소한 두 배는 부풀려서 말하지. 부장은 사장으로, 사복 차림의 대령은 장군으로 소개하는 식이야.

하지만 내 경우는 쉽지 않았네.

알다시피 나는 '종합 해양 조선 회사'의 사무원 아닌가? 그러니 판스혼베커 씨가 딱히 밀고 나갈 거리가 없는 것이지. 회사원에게는 거룩한 뭔가가 없지. 그저 맨몸으로 이 세상에 서 있는 인생들인걸.

판스혼베커 씨는 더도 아니고 딱 이 초간 고민하더니 나를 '조선소의 라르만스 씨'라고 소개했어.

우리 회사 이름은 외우기에는 너무 길고 또 너무 상세하다 싶었던 거지. 이 도시를 통틀어 크다고 할 만한 회사가 없다는 걸 알고 있거든. 아니면 모임 참석자 중 한 명이 우리 회사의 관리자와 아는 사이여서 내 사회적 신분의 시시함을 바로 들게 될 수도 있으니까. '사무원'이라는 말은 아예 떠올리지도 않았겠지. 그건 내게 사형선고를 내리는 것이나 마찬가지였을 테니까. 그리고 그다음부터는 내 힘으로 그 전쟁터에서 빠져나가야 했지. 판스혼베커 씨는 내게 철갑을 쥐여준 거야. 하지만 더 해줄 수 있는 것은 없었어.

"그러니까 엔지니어시군요." 내 옆에 앉아 있던 금니를 한 남자가 묻더군.

"감독관이오." 나의 친구 판스혼베커 씨가 재깍 답해주었어. 엔지니어라고 하면 특정 대학, 학위, 그리고 무지 많은 기술 지식이 딸려 온다는 것을 그는 알고 있었던 거야. 첫 대화에서부터 고생할 수는 없는 노릇이지 않나.

나는 싱긋 웃어 보였어. 적절한 때가 되면 드러날지도 모를 어떤 비밀을 숨기고 있는 사람처럼 보이려고 말이지.

그들은 내 양복을 슬쩍슬쩍 훔쳐보았는데 태는 별로 나지 않지만 다행히 새 양복이어서 꿀리지는 않았지. 그러고는 내게서 신경을 끄더군.

처음에 그들은 이탈리아 이야기를 했어. 나는 한 번도 가본 적이 없는 곳이었고, 그들과 함께 미뇽•의 나라를 두루두루 여행했지. 베네치아, 밀라노, 피렌체, 로마, 나폴리, 베수비오, 폼페이. 책에서 간혹 읽은 적은 있지만 내게 이탈리아란 그저 지도상의 한 점일 따름이어서 나는 입도 벙긋하지 않았어. 그곳의 예술에 관해서는 아무도 이야기하지 않았지만, 이탈리아 여자들은 멋지고 아주 정열적이라고들 하더군.

이탈리아 이야기도 질리자 그들은 집주인들이 겪는 어려

• 요한 볼프강 폰 괴테(1749~1832)의 소설 《빌헬름 마이스터의 수업 시대》에 나오는 소녀 '미뇽'의 고향이 이탈리아다.

운 상황을 논했지. 공실인 주택이 많고 세입자들이 임대료를 꼬박꼬박 내지 않는다고 다들 불평하더군. 나는 항의하고 싶었어. 있지도 않은 내 세입자는 그러지 않는다는 것이 아니라 나는 지금껏 한 번도 월세 내는 날짜를 어긴 적이 없다고 말이야. 하지만 화제는 벌써 자동차로 넘어가고 있었지. 사기통, 육기통, 정비 요금, 휘발유, 엔진 오일. 물론 내가 대화에 낄 수 없는 내용들이었어.

그러고 나서 방귀깨나 뀐다는 집안들에서 지난주에 어떤 일이 있었는지 개괄하는 시간이 되었어.

"헤베르스 집 아들이 레흐렐레 집 딸과 혼인했다지." 누군가가 말했지.

신부 이름도, 신랑 이름도 들어본 적 없는 나만 빼고는 다들 이미 알고 있는 이야기였으니까 새로운 소식이라고 하는 말은 아니었어. 그보다는 오히려 투표로 처리해야 하는 그날의 의제에 가까웠지. 양쪽 집안이 이 결혼에 재산을 공평하게 내놓았느냐 아니냐를 놓고 찬반 의사를 표했어.

그들은 모두 의견이 같기 때문에 괜한 토론으로 시간을 허비하지는 않아. 하나같이 그저 공통된 생각을 말하는 사람들인 거지.

"델라파일러가 상공회의소 회장직을 사퇴했다면서요?"

나는 생전 처음 듣는 이름이었지만 그들은 그런 사람이 있으며 사퇴했다는 것뿐만 아니라 대부분은 사퇴한 진짜 이유까지 알고 있다는 식이더군. 파산 사태로 인한 공식적인 불명예다, 남모르는 어떤 병이 있다, 아내나 딸의 스캔들 때문이다, 아니면 그냥 싫증이 나서 그만두었다는 주장도 있었지.

그런 '사설 통신'이 그 저녁 모임에서 가장 많은 시간을 차지했는데 내게는 참으로 괴로운 시간이었어. 고개를 끄덕이거나 웃거나, 아니면 눈썹을 치켜올리는 것밖에 할 수 없었으니까.

맞아. 나는 그 모임에 가면 내내 불안해하며 어머니의 임종 때보다 더 진땀을 흘렸네. 내가 그날 어땠는지 이제 너도 알겠지만, 그건 그나마 하룻밤이었지. 하지만 판스혼베커 씨 집에서는 매주 새로이 시작되고, 앞서 땀을 뻘뻘 흘렸다고 해서 앞으로 흘릴 땀이 줄어드는 것도 아니더군.

그 사람들은 나의 친구 판스혼베커 씨 집 밖에서는 나와 아무런 교류가 없는 사이이기에 내 이름을 기억하지 못했고, 처음에는 나를 그저 온갖 비슷한 이름으로 불러댔지. 그렇다고 내가 매번 "실례지만, 라르만스입니다"라고 계속해서 바로잡아줄 수도 없는 노릇이었으니, 결국엔 내 옆에 앉아 있는 나의 친구 판스혼베커 씨 얼굴을 먼저 보면서 이렇게 말하고는 했어. "당신 친구분의 주장으로는 자유주의자들이……." 그러면 그제야 사람들은 내 쪽으로 시선을 돌렸지. 그런 식이다보니 내 이름은 굳이 부를 필요가 없게 되었어. 그리고 '당신 친구분'이라는 말에는 판스혼베커 씨가 괜한 친구를 늘리기 시작했다는 뜻도 함께 담겨 있었지.

사실 그들도 내가 그냥 입 다물고 있는 편을 더 좋아했어. 그도 그럴 것이 내가 말을 하는 족족 그들 중 누군가는 수고를 좀 해야 했거든. 나를 초대한 주인장에 대한 예의에서 어느 지역 유지의 출생부터 유년 시절, 학업, 결혼, 그리고 직업까지 마지못해 내게 쭉 읊어주었는데, 그날 저녁에는 그 사람의 장례식 얘기나 하고 싶었을 텐데 말이야.

레스토랑 이야기도 나는 들어주기가 고역이었어.

"지난주에 디종에 있는 트루아 페르딕스 레스토랑에서 아내와 함께 도요새 요리를 먹었소."

아내와 함께 먹었다는 사실을 왜 굳이 밝히는지 이해가 되지 않더군.

"이 사람아, 그러니까 법적인 배우자와 외도를 즐겼다는 말인가!" 하고 다른 누군가가 말했지.

그러고는 서로 주거니 받거니 레스토랑 이름을 들먹이기 시작했어. 벨기에뿐만 아니라 만리타국에 있는 레스토랑까지.

처음 모임에 나갔을 땐 나도 아직 그리 쭈뼛거리지 않았고, 나도 레스토랑 이름을 하나라도 대는 것이 의무라고 생각하던 차에 마침 됭케르크의 레스토랑 한 군데가 생각났어. 몇 해 전에 학교 동창생 하나가 신혼여행을 갔다가 저녁 식사를 했던 곳이었지. 그 레스토랑 이름이 유명한 해적과 같아서 기억에 남아 있었어.

나는 레스토랑 이름을 준비해놓고 때를 기다렸어.

그런데 그들은 이번에는 솔리외, 디종, 그르노블, 디뉴, 그라스로 남쪽을 향해 내려갔고, 보아하니 니스와 몬테카를로를 향해 가는 중이더군. 그러니 이제 됭케르크의 레스토랑 이름을 꺼내기가 어려웠지. 남프랑스 해안의 레스토랑 이름이 쭉 나오고 있는데 갑자기 네덜란드의 틸뷔르흐같이 말도 안 되는 소리를 하는 것만큼 뜬금없겠지.

"믿거나 말거나 지난주에 루앙에 있는 비에유 오를로주 레스토랑에 갔는데, 다양한 전채 요리, 바닷가재, 송로버섯을 곁들인 닭 반 마리, 치즈, 그리고 디저트까지 모두 30프랑에 먹었네" 하고 누가 불쑥 말했지.

"바닷가재가 혹시 일본산 게살 통조림이었나?"

"송로버섯은 전립선을 썰어놓은 건 아니고?"

루앙은 됭케르크에서 멀지 않은 도시이니 나로서는 놓쳐선 안 될 절호의 기회였지. 나는 말이 잠시 끊긴 틈을 타 득달같이 치고 들어갔어.

"됭케르크에 있는 장 바르*도 아주 근사한 레스토랑이죠."

그렇게 열심히 준비했는데도 내 목소리에 내가 소스라칠

지경이었어.

나는 눈을 내리깔고 반응을 기다렸어.

근래에 내가 직접 가봤다고 얘기하지 않은 게 천만다행이었어. 왜냐하면 곧이어 누가 말하기를 장 바르 레스토랑은 3년 전에 이미 문을 닫았고 지금은 영화관이 됐다지 뭔가.

그래, 내가 말을 하면 할수록 그들은 내가 지금은 물론이고 앞으로도 자동차 같은 건 가질 수 없는 인간이라고 더더욱 확실하게 파악하는 것이지. 그래서 내겐 침묵이 금이었어. 그러자 다들 나를 주시하기 시작하면서 판스혼베커 씨가 어떻게 나를 이런 모임에 초대하게 되었는지 의아해했으니까. 판스혼베커 씨를 통해 이따금 환자를 소개받는 내 형님이 아니었다면 이 인간들에게 애초에 저주를 퍼부었을 거야.

모임이 거듭될수록 나의 친구가 나를 좀 성가신 보호 대상으로 여기고 있으며 그것이 마냥 지속될 수는 없다는 사실이 점차 명확해졌는데, 지난 수요일에는 대뜸 어떤 큰 네덜란드 회사의 벨기에 대리점을 맡아볼 마음이 없느냐고 묻더군. 상당히 진취적인 회사이고, 자기가 얼마 전 큰 송사에서 그 회사가 이기게 해주었다고 했어. 내가 그 대리점 일을 바로 맡

● 됭케르크 출생의 프랑스 해적이자 전설적인 해군 사령관인 장 바르(1650~ 1702). 네덜란드의 팔십년전쟁에서 스페인의 해군 사령관으로 참여했다.

을 수 있다는 거야. 자신의 추천이면 충분하고, 그럴 용의가 있다는 거지. 돈도 필요 없다고 했어.

"한번 잘 생각해보시오. 큰돈을 벌 수 있고, 당신은 그에 걸맞은 사람이오." 판스혼베커 씨가 조언을 해주었어.

좀 건방진 조언이긴 했어. 왜냐하면 나 자신이 어디에 걸맞은 사람이라고 판단하기 전에 누가 나를 먼저 그렇게 판단해선 안 된다고 보기 때문이지. 하지만 한편으로는, 종합 해양 조선 회사에 다니는 일개 사무원을 아무 조건 없이 재깍 사업가로 만들어준다니 고마운 일이지 뭔가. 그러면 판스혼베커 씨 친구들의 도도한 콧대도 반은 절로 꺾이겠지. 푼돈이나 가진 주제에 말이야!

그리하여 나는 그 네덜란드 회사가 어떤 사업을 하는지 물었어.

"치즈요." 나의 친구가 답했지. "먹는 장사는 망할 일이 없어. 어쨌거나 사람들은 먹어야 하니까."

4

집으로 오는 전차 안에서, 벌써 내가 완전히 딴사람이 된 듯한 기분이 들더군.

알다시피 내 나이가 오십이 코앞이고 30년 동안 종살이를 한 흔적은 당연히 내 몸에 새겨져 있지.

사무원은 고분고분한 사람들이야. 저항과 단결을 무기 삼아 어느 정도 존중을 얻어낸 노동자들보다 훨씬 고분고분하지. 심지어 러시아에서는 노동자가 세상의 주인이 되었다고들 하지 않나! 그 말이 진짜라면 그들은 충분히 그럴 자격이 있다고 보네. 어쨌거나 피의 대가로 얻은 결과이니까. 하지만 사무원들은 대체로 전문성도 별로 없는 데다 서로 워낙 비슷비슷해서 쉰 살 먹은 경력직이라 해도 하루아침에 뺑 차버리고, 똑같이 일을 잘하면서도 싸게 먹히는 다른 사람을 그 자리에 앉힐 수 있지.

그런 물정을 모르는 바도 아니고 자식들도 있기에 나는 낯선 사람과 시비도 붙지 않으려고 몸을 사리며 살아왔네. 그 사람이 우리 회사 사장님과 아는 사이일 수도 있지 않은가? 그래서 전차 안에서 누가 나를 밀면 그냥 밀렸고 누가 내 발을 밟아도 발끈하지도 않았지.

그런데 그날 저녁에는 다 아무래도 상관없다 싶더군. 그 치즈 꿈은 기어이 이루어질 것인가?

내 시선에 벌써 흔들림이 없는 것이 느껴졌고, 바지 주머니에 두 손을 찔러 넣을 때는 반 시간 전에는 어림도 없던 건들거림이 묻어났지.

집에 도착해서 나는 평소와 다름없이 식탁에 가서 앉아 내 앞에 펼쳐진 새로운 가능성에 대해서는 일언반구도 없이 저녁을 먹었고, 늘 하던 대로 버터를 아껴가며 빵에 발라 자르는 아내의 모습을 보자 속웃음이 나왔네. 하긴 내일이면 사업가의 부인이 될지도 모른다는 것을 어찌 짐작이나 하겠나?

나는 여느 때처럼 밥을 먹었어. 더 먹지도 덜 먹지도 않았고, 더 급하게도 더 천천히도 먹지 않았지. 한마디로 말하면, 종합 해양 조선 회사에서 보낸 30년간의 머슴 생활을 앞으로 몇 년은 더 해야 한다고 받아들이는 사람처럼 그렇게 먹었다는 말이야.

그런데도 아내는 내게 무슨 일이 있느냐고 묻더군.

"무슨 일이 있었을까?" 나는 이렇게 반문했지.

그러고 나서 나는 아이 둘의 숙제를 봐주기 시작했네.

나는 과거분사형에서 엉성한 실수를 찾아내어 고쳐주었는데, 어찌나 현란하고 사근사근했던지 아들 녀석이 나를 놀란 눈으로 쳐다보더군.

"얀, 왜 그렇게 쳐다봐?" 내가 물었어.

"그냥요." 아들은 웃으면서 제 엄마 쪽으로 끄덕이며 시선을 보내더군.

그러니까 아들 역시 나한테서 벌써 뭔가를 눈치챈 모양이었어. 나는 감정을 능숙하게 숨길 수 있다고 늘 생각해왔건만. 그렇다면 이제라도 배워야 하지 않겠나. 사업을 하려면 반드시 필요할 테니까. 게다가 만일 내 얼굴에 감정이 고스란히 드러난다면 그 '사설 통신' 모임을 하는 동안 내 얼굴에서 쳐 죽이고 싶은 살해 욕구가 훤히 읽히고 말겠지.

부부가 진지한 문제를 상의하기에는 침대만큼 알맞은 곳이 없다고 생각하네. 일단 아내와 단둘이지. 이불이 목소리가 크게 울리지 않게 해주고, 어둠은 사고를 촉진시키며, 서로의 얼굴이 보이지 않기에 어느 쪽도 상대의 심기에 영향받을 일이 없어. 툭 까놓고 말할 엄두가 잘 나지 않는 이야기도 이불 속에서라면 털어놓을 수가 있으니 그때도 그랬지. 내가 오른쪽으로 편히 누워 뜸을 좀 들이다가 사업가가 되려 한다고 얘기했을 때 말이야.

아내는 오랜 세월 내게서 속비밀이라고 해봤자 시시껄렁한 이야기나 들으며 살아온 탓에 내게 한 번 더 말해보라고 한 다음에는 자세한 설명을 기다렸고, 나는 차분하고 명료하게, 아니 까놓고 말해 '사업가 같은' 말투로 설명했네. 오 분쯤 뒤에는 아내도 판스혼베커 씨의 친구 그룹에 대해, 그들의 의도하지 않은 자연스러운 업신여김에 대해, 그리고 판스혼베커 씨가 뜬금없이 내게 한 제안에 대해 대략 알게 되었지.

아내는 쥐 죽은 듯 숨죽이고 내 말에 귀 기울였네. 헛기침도 하지 않고 몸을 뒤척이지도 않았지. 그리고 내 이야기가 끝나자 앞으로 어떻게 할 생각인지, 그러면 회사는 그만둘 것인지 묻더군.

"응, 그래야겠지. 회사 다니면서 자기 사업을 한다, 그게 되겠어? 이런 일은 과감하게 결단을 내려야 해." 나는 별생각 없이 대답했네.

그러자 아내는 잠시 잠자코 있더니 다시 묻더군.

"그러면 저녁에는?"

"저녁엔 어둡잖아."

그 말에 타격을 입었나봐. 침대가 삐걱거리더니 아내가 홱 돌아눕지 뭔가. 마치 내가 사업을 하든지 말든지 내버려두기로 결심한 것처럼 말이야. 그러니 또 내가 먼저 풀어야 했지.

"저녁에, 뭐?" 내가 으르렁거렸네.

"사업은 저녁에 하라고." 아내는 뻗댔지. "대체 무슨 사업인데?"

나는 어쩔 수 없이 치즈 사업이라고 털어놓았어.

이상한 말이지만, 나는 치즈라는 품목이 좀 역겹고 우스꽝스럽다고 생각했어. 만약 다른 품목, 예를 들어 튤립 구근이나 전구라면 오히려 더 좋겠다 싶었지. 마찬가지로 네덜란드 특산품인데 말이야. 청어만 되어도, 물론 말린 청어가 더 좋겠지. 치즈보다는 더 열심히 팔 수 있을 성싶었어. 하지만 무르데이크 위쪽●의 그 회사가 나를 위해서 업종을 바꿀 수는 없지 않겠나? 그건 이해하고말고.

"이상한 품목이야. 안 그래?" 내가 물었어.

하지만 아내는 꼭 그렇게 생각하지는 않더군.

"먹는장사는 망할 일이 없어." 아내는 판스혼베커 씨와 토씨 하나까지 똑같이 말했지.

나는 그 말에 고무되어 기쁜 나머지, 다음 날 아침에 종합 해양 조선 회사를 끝장내버리겠다고 큰소리쳤어. 그래도 사무실에 잠깐 들러 동료들과 작별 인사를 하고 싶었던 거지.

"하지만 그 대리점 사업권을 먼저 문의해봐야지." 아내의 생각이었어.

"그런 다음에 얼마든지 당신이 하고 싶은 대로 해도 되잖아. 당신 지금 뭔가에 씐 사람 같아."

마지막 말은 사업하는 남자의 면전에는 꽤나 방정맞은 소리였지만, 조언 그 자체는 새겨들을 만했어. 아무튼 내가 말은 그렇게 했지만, 그래서 여태 실행에 옮기지는 않았다는 것 아니겠어. 처자식이 있는 사람이라면 곱절은 더 신중해야 하는 법이니까.

● 1830년 벨기에가 독립하기 이전 네덜란드와 벨기에 플란데런 지방을 크게 남부와 북부로 나누던 기준은 무르데이크였다. 무르데이크 위쪽은 네덜란드의 홀란트 지방을 일컫는다.

이튿날 나는 나의 친구 판스혼베커 씨를 찾아가 그 회사의 이름과 주소를 물어보고 간단한 추천서도 부탁했으며, 바로 그날 저녁에, 암스테르담에 보낼 비즈니스 서한을 두툼하게 썼지. 내가 이제껏 쓴 것 중 가장 잘 쓴 서한이었어. 나는 직접 우체국에 가서 그걸 부쳤지. 이렇게 중요한 일을 제삼자에게 맡길 수는 없거든. 친자식이라 해도 말이야.

답신은 바로 왔네. 너무 빨리 와서 덜컥 겁이 날 정도였는데, 이런 전보였어. "내일 오전 11시 암스테르담 본사에서 뵙겠습니다. 여행 경비는 지급됩니다."

이제 다음 날 회사에 출근하지 않아도 될 핑곗거리를 찾아야 했는데, 아내는 상갓집을 제안하더군. 하지만 어머니 장례로 얼마 전에 이미 하루 쉬었기 때문에 그건 별로 내키지 않았어. 사촌의 장례라고 해도 자리를 비우는 건 어렵지. 비운다 해도 온종일은 곤란하거든.

"그러면 그냥 몸이 아프다고 해. 오늘 미리감치 포석을 깔아놓아도 되잖아. 마침 감기도 돌고 있고." 아내가 말했어.

그날 나는 사무실에서 내내 머리를 감싸 쥔 채 앉아 있었고, 내일은 암스테르담에 가서 호른스트라사와 첫 대면을 하게 될 거야.

5

치즈 영화가 내 눈앞에서 스르르 펼쳐지기 시작했네.

호른스트라 씨는 나를 벨기에와 룩셈부르크 대공국의 총판 대리인으로 임명했어. 그 말뜻을 이해하지는 못하겠지만 나를 '공식 대리인'이라고 부르더군. 그 대공국은, 벨기에만으로는 무게가 좀 떨어지기라도 한다는 듯 그냥 얹어주었어. 안트베르펜에서 꽤 먼 곳이지만, 그래도 한 번쯤은 그 산악 지방을 가볼 수 있겠지. 그러면 오는 판스혼베커 씨 모임에서 에히터나흐, 디키르히, 비안덴에 있는 레스토랑 이름을 대면서 그 인간들에게 반격해주려고.

기분 좋은 여행이었네. 호른스트라사에서 여행 경비를 지급한다고 했기 때문에 나는 삼등석 대신에 이등석 표를 끊었지. 나중에 알고 보니 회사에서는 내가 일등석을 탈 줄 알았다더군. 역시 뒤늦게 든 생각인데, 실제로는 삼등석을 타고 와서 그 차액을 주머니에 챙길 수도 있었겠다 싶더군. 하지만 그건 옳지 않은 일이지. 특히 사업상 첫 대면에서는 말이야.

나는 어찌나 들떴던지 자리에 오 분도 진득하게 앉아 있지 못했네. 세관원이 신고할 물품이 없느냐고 물었을 때는 시원시원하게 대답했어. "당연히 없죠!" 그러자 세관원은 "당연히 없죠"는 대답이라고 할 수 없으며 그냥 예 또는 아니오, 로 말해야 한다는 거야. 그래서 나는 네덜란드 사람들과는 이런 점을 조심해야 한다는 것을 바로 깨달았지. 그건 호른스트라 씨를 만나서도 입증된 바인데, 그 사람 역시 딱 필요한 말만 했거든. 그리고 삼십 분 만에 일 처리는 다 끝나서 나는 경비를 지급받고 계약서를 주머니에 넣고서 다시 거리로 나왔지. 나의 친구 판스혼베커 씨의 추천서가 결정적인 역할을 했어. 호른스트라 씨는 내가 나의 타고난 자질에 대해 늘어놓을 때는 듣는 시늉도 않다가 그 추천서를 읽고 나서는 매상을 얼마나 올릴 수 있을 거라 생각하는지 물었으니까.

난감한 질문이었지. 벨기에 사람들은 네덜란드 치즈를 1년에 얼마나 먹어치울까? 그리고 그중 몇 퍼센트를 내가 차지할 수 있을까? 도무지 감도 오지 않더군. 그가 말한 '매상'이란 것이 그냥 쓱쓱 낼 수 있는 일일까?

종합 해양 조선 회사에서 수십 년간 종살이한 경험도 이 질문에는 답을 주지 못했고, 나는 수치를 정확하게 대는 것은 바람직하지 않다는 느낌이 들었어.

"신중하려면 작게 시작하는 편이 좋겠지요."

호른스트라 씨가 불쑥 말했는데 내가 생각할 만큼 생각했다 싶었던 것이지.

"다음 주에 고지방 에담 치즈 20톤을 저희 신규 특허 포장으로 보내드리겠습니다. 그리고 결제하시는 데에 따라 재고를 채워드리죠."

그러고는 서명을 하라며 내 앞에 계약서를 내밀었는데, 이런 내용이었어. 나는 호른스트라사의 대리인으로서 판매 대금의 5퍼센트, 매달 고정 급료 300길더, 그리고 여비를 지급받는다.

내가 서명을 마치자 그는 벨을 누르더니 자리에서 일어나 악수를 청했는데, 사무실을 다 빠져나오기도 전에 벌써 다른 방문자가 내가 앉았던 자리에 앉더군.

밖으로 나오면서 나는 미친 듯이 기분이 좋아서 파우스트처럼 "그들의 욕정은 나의 것, 그 정부들은 나의 것!"●이라고 노래하지 않도록 내 입을 틀어막아야 했지.

한 달에 300길더, 그건 내가 종합 해양 조선 회사에서 받는 월급의 두 배가 넘는 금액이었고, 더구나 내 월급은 오래전에 최고점을 찍었기 때문에 나는 이미 몇 해 전부터 월급이 깎일 일만 남았다고 예상하고 있었지. 우리 조선소에서는 임금이 0에서 100까지 올라갔다가 다시 0으로 내려오는 방식을 운영하고 있거든.●●

게다가 여행 경비까지 따로 지급한다니! 나는 그 골목을

● 프랑스의 작곡가 샤를 구노(1818~1893)의 오페라 〈파우스트〉에 나오는 대사.
●● 임금 피크제 방식을 과장해서 표현하고 있다.

빠져나오기도 전에 앞으로는 우리 가족 휴가도 호른스트라 사의 비용으로 갈 수 있다는 걸 이해했지. 디낭이나 라 로슈로 휴가를 가서 저녁에 치즈 가게에 잠깐 들르기만 하면 되지 않겠나?

암스테르담은 그날 거기에 갔다는 것 말고는 딱히 남아 있는 기억이 없네. 거기서 본 것도 별로 없지만 그마저도 도취된 상태에서였으니까. 나중에 딴 사람한테 듣기로는 암스테르담에는 자전거를 탄 사람과 시가 상점이 아주 많고, 칼버르 길은 꽤 길고 좁고 붐빈다고 하더군. 나는 거기까지 간 김에 좋은 데 가서 저녁을 먹는다든가 하는 시간적 여유도 부리지 않고 벨기에로 돌아오는 제일 빠른 기차를 탔어. 한시라도 빨리 판스혼베커 씨, 그리고 아내와 함께 그 행복한 기분을 나누고 싶어서였지.

집으로 돌아오는 길은 끝나지 않을 듯이 길게만 느껴졌네. 기차 안 승객 중에도 분명 사업가인 듯한 사람이 몇 있었는데, 그도 그럴 것이 그중 두 사람은 서류에 코를 박고 앉아 있었거든. 한 명은 서류의 여백에 금색 만년필로 메모를 하기도 했지. 나도 이제 그런 만년필이 하나 필요할 것 같더군. 고객을 방문해서 주문을 받아 적을 때마다 매번 펜과 잉크를 빌린다? 그건 안 되지.

그 남자도 치즈 사업을 하고 있을 가능성을 배제할 수는 없었어. 그래서 머리 위 그물 선반에 있는 그의 짐 가방을 흘끗 올려다보았지만, 그것만으로는 알 수 없더군.

잘 차려입은 세련된 신사였어. 리넨 양복에 실크 양말, 금색 코안경. 치즈 사업가일까, 아닐까?

안트베르펜까지 입을 다물고 가기란 불가능했네. 가슴이 터져버렸을지도 모르네. 아무 말이라도 해야 했지. 아니면 노래라도. 그런데 기차 안에서 노래를 부를 수는 없기에 기차가 로테르담에 정차한 틈을 타 그 신사에게 벨기에의 경제 상황이 약간 개선되고 있는 듯하다며 말을 건넸지.

신사는 마치 내 얼굴을 이용해 그 위에서 곱하기 계산이라도 하는 것처럼 나를 뚫어져라 쳐다보더니 생경한 외국어를 한마디 툭 내뱉더군. 당최 사업가들이란!

공교롭게도 그날은 마침 수요일이었고, 나는 마침 5시쯤에 안트베르펜에 도착했네. 판스혼베커 씨 집에서 매주 열리는 잡담회는 수요일 5시 반 즈음에 시작되기에 나는 판스혼베커 씨가 자기 친구들에게 내 출세 소식을 알릴 기회를 주려고 그의 집으로 갔지.

우리 어머니가 이 소식을 듣지 못하고 돌아가신 것이 얼마나 안타까운지 모르겠네.

판스혼베커 씨에게도 그 종합 해양 조선 회사 사무원이 이제 과거의 인물이 되었다는 사실은 어쨌거나 한시름 놓는 일일 테지.

도중에 나는 어느 치즈 상점 앞에서 발걸음을 멈추고 서서 진열창 안을 감탄하며 바라보았지. 거기엔 백열등 한 다발의 강렬한 불빛 아래 갖가지 모양과 원산지의 크고 작은 치즈들이 나란히 또는 포개져 진열되어 있었어. 온 이웃 나라의 치즈들이 여기에서 합류한 것이지.

맷돌같이 거대한 그뤼예르 치즈를 밑받침 삼아 그 위에 체스터 치즈, 하우다 치즈, 에담 치즈, 그리고 나는 전혀 알지 못하는 수많은 종류의 치즈가 놓여 있었어. 그중 큼직한 치즈 덩이 몇 개는 배가 쩍 갈라진 채로 내장을 훤히 드러내고 있었지. 로크포르 치즈와 고르곤졸라 치즈는 녹색 곰팡이를 요망하게 드러내며 뽐내었고, 한 무리의 카망베르 치즈는 고름을 되는대로 흘리고 있었어.

상점 안에서 고약한 냄새가 새어 나왔지만, 거기 한참을 서 있다보니 냄새는 덜해졌네.

나는 그 악취에 굴복하기 싫어서 갈 시간이 되었다고 판단되면 그때 자리를 뜰 생각이었지. 무릇 사업가라면 북극 탐험가처럼 강인해야 하는 법이니까.

"자, 실컷 악취를 풍겨보시지!" 나는 도발 조로 말했어.

채찍이 있었다면 철썩철썩 패주었을 거야.

"그렇죠. 견디기 힘든 냄새예요." 언제 다가왔는지도 몰랐는데 한 부인이 내 옆에 서서 대답하더군.

길거리에서 이렇게 생각을 입 밖에 내어 혼잣말하는 버릇도 이제는 고쳐야 했지. 전에는 더 많은 사람을 놀라게 하곤 했거든. 회사원 아무개에게는 대수롭지 않은 일이겠지만, 사업하는 사람에게는 이야기가 다르지 않겠나.

나는 이제 발걸음을 재촉해 나의 친구 판스혼베커 씨의 집으로 달려갔는데, 그는 내 성공을 축하하면서 마치 자기 친구들이 나를 처음 보는 것처럼 나를 새로 소개하더군.

"식품 도매업을 하는 라르만스 씨입니다." 그런 다음 사람들의 잔을 채워주었어.

판스혼베커 씨는 왜 치즈 대신에 '식품'이라고 했을까? 그러니까 그도 나와 마찬가지로 치즈라는 품목에 뭔가 반감이 있는 모양이었어.

나로서는 가능한 한 빨리 그 반감을 극복해야 했지. 무릇 사업가는 자신의 상품과 친숙하고 한 몸이 되어야 하는 법이니까. 사업가는 그 상품과 함께 살아가야 하는 거야. 상품과 함께 악착같이 일해야 하지. 상품의 냄새를 맡아야 해. 냄새를 맡는 걸로는 치즈가 난해한 사례는 아니겠지만, 비유하자면 그렇다는 말이네.

모든 것을 고려해볼 때 치즈는 그 냄새만 빼면 고귀한 상품이야. 그렇게 생각하지 않나? 수 세기 전부터 제조되어왔고 우리와 형제인 네덜란드 사람들에게는 으뜸가는 부의 원천이지. 남녀노소 할 것 없이 모두에게 식량의 구실을 톡톡히 하고 있어. 인간이 먹는 무언가에는 자연스레 어떤 고결함이 따르게 되지. 유대인들은 자신들의 음식을 찬미한다고 알고 있는데, 기독교인들이 치즈를 먹기 전에 기도를 올리지 말아야 할 이유가 있나?

퇴비 분야의 사업가 동료들은 불평할 거리가 훨씬 더 많을 수 있어. 그리고 생선 찌꺼기나 동물 내장이나 짐승 사체 같은 것을 파는 사람들도. 하지만 이런 물건들도 그것들이 인류에 복무하는 최후의 그날까지 판매될 거야.

판스혼베커 씨의 모임에 꼬박꼬박 오는 손님 중에는 다양한 분야의 거래상이 있었는데, 일단 곡물 거래상이 둘이었네. 곡물에 대해서는 모임에서 이미 이야기가 오갔었거든. 치즈가 왜 곡물보다 못하지? 그 인간들의 그런 편견을 빠른 시간 안에 감쪽같이 깨주겠어. 결국 돈을 제일 많이 버는 사람이 최후의 승자가 되는 법. 미래는 내 앞에 열려 있고, 나는 치즈에 일심전력을 다하기로 굳게 결심했네.

"라르만스 씨, 여기 좋은 자리가 있습니다."

늘 내 신경을 제일 많이 긁던 사람이 말했지. 금니를 한 그 남자는 아니고 세련된 대머리 사내인데, 진저리가 나는 그 '사설 통신' 시간에조차 위트가 있었고 언변이 좋았어.

그러더니 그는 내게 재깍 자리를 만들어주었고, 그래서 나는 이제 처음으로 그들 무리에 정식으로 끼어 앉게 되었지. 그전에는 항상 긴 테이블 끄트머리 한구석을 차지하고 있었으니 사람들이 몸을 거의 백팔십도 돌리지 않는 다음에야 나를 볼 일은 없었지. 다들 집주인에 대한 예의로 판스혼베커 씨 쪽으로 비스듬히 앉아 있었으니까.

게다가 처음으로 나는 엄지손가락을 조끼 주머니에 꽂고 다른 손가락으로는 배를 행진곡 템포로 톡톡 두드렸네. 자신의 일에 정통한 사람처럼 말이야. 판스혼베커 씨는 그런 나를 보고 마음에 든다는 듯 웃어주었지.

사람들이 화제를 대번에 사업 분야로 돌린 것도 내 존재를 고려하기 시작했다는 증거였지.

나는 말을 많이 하지는 않았지만, 그래도 몇 마디는 던졌어. 예를 들면.

"식품 분야는 망할 일이 없죠."

그러면 다들 내 말에 수긍했네.

사람들이 내 동의를 구한다는 듯이 나를 빤히 쳐다보는 일도 잦았고, 그럴 때마다 나는 사람 좋게 고개를 끄덕거림으로써 바로 답을 주고는 했어. 특히 사업가라면 사람들에게 너그러워야 하지 않겠나? 하지만 그들의 객소리에 매번 찬성표만 던진다는 인상을 주지 않으려고, "그건 좀 더 두고 봐야죠" 하고 말하기도 했어. 그러면 자기 말이 반박당하면 못 참던 바로 그 양반도 아주 나긋나긋하게 "당연하지요" 하고 대답하고는 위기에서 빠져나온 것을 기뻐했지.

하루치의 성공으로 이 정도면 충분하다는 생각이 들었을 때 나는 불쑥 이렇게 말했어.

"그런데 여러분, 레스토랑은요? 이번 주엔 다들 어떤 맛있는 식사를 하셨는지?"

그때가 절정이었네. 손님 모두가 나를 감사해하는 눈길로 바라보았지. 내가 위풍당당한 손짓으로 자신들이 가장 좋아하는 분야로 가는 길을 가리킨 것에 그렇게 기뻤던 거야.

지금껏 나는 항상 맨 마지막까지 자리에 남아 있는 사람이었어. 왜냐하면 먼저 일어나느라고 좌중의 화기애애한 분위기를 깰 엄두가 나지 않았기 때문이야. 게다가 다들 가고 나면 나는 판스혼베커 씨와 단둘이 남은 기회를 이용해 속내를 털어놓거나 저녁 모임에서 내가 했던 얼마 안 되는 행동이나 말뿐만 아니라 했어야 하는데 하지 않았던 행동이나 말, 그모든 것에 대해 사적으로 사과를 하고는 했지.

하지만 이번에는 내 손목시계를 보며 큰소리를 냈다네.

"젠장, 7시 15분이네. 여러분, 그럼 이만. 좋은 시간들 보내시구려."

그리고 나는 급한 볼일이라도 있는 사람처럼 테이블을 껑

충껑충 돌며 일일이 악수까지 한 뒤 그들을 고이 남겨두고 자리를 떠났어.

판스혼베커 씨가 나를 배웅해주었는데, 내 등을 인정스럽게 톡톡 두드리며 오늘 아주 멋있었다고 말해주더군.

"대단히 인상적이었소." 판스혼베커 씨가 자신 있게 말했지. "치즈 사업이 크게 성공하길 바라오."

현관에는 우리 둘만 서 있었기에 그는 치즈를 그냥 치즈라고 하더군. 집 안에서는 식품이었지.

자, 아무렴, 치즈는 치즈일 뿐. 만약 내가 중세의 기사였다면 검정색 방패에 붉은색 치즈 세 개를 그려서 문장으로 삼지 않았을까?

6

나는 아내에게 새 소식을 그냥 바로 일러주지 않았고, 그래서 아내는 내가 만찬을 마칠 때까지 인내심을 발휘해야만 했네. 왜냐하면 이제부터 나는 밥을 먹는 것이 아니라 조찬, 오찬, 만찬을 하게 되었기 때문이야.

그래도 아내는 현모양처일세. 다만 이런 사안은 그녀의 소관 사항이 아닌 것이지. 또한 고백하자면 나는 아내가 눈물을 보일 때까지 짓궂게 굴고 싶은 유혹을 이기지 못할 때가 더러 있네. 그 눈물이 내게 기쁨을 주고는 했지. 그러니까 아내는 내 사회적 열등감에 대한 분노를 쏟아내는 배출구였던 셈이야. 그리고 나는 종합 해양 조선 회사의 노예 신분으로서 보내는 마지막 시간을 다시 한번 아내를 꼼짝 못 하게 닦아세우는 데 써먹었네.

그래서 나는 일언반구도 없이 식사를 했고, 결국 아내가 성질을 부렸어. 나한테가 아니라 그릇들한테였지. 그러다 잠시 가만있더니 아내의 눈에 눈물이 고여 뿌예졌고, 부엌으로 내빼더군. 이따금 집 안에서 연출되는 이런 극적인 분위기가 나는 아주 마음에 들었어.

이제 나도 암탉 꽁무니를 쫓는 수탉처럼 부엌으로 쓱 들어갔고, 실내화를 찾으면서 불쑥 물었지.

"치즈 일이 잘되어가고 있는 거 알고 있나?"

나는 아내가 그 사실을 마땅히 알고 있어야 한다고 보기 때문이네.

아내는 대답하지 않고 그릇과 냄비로 음악 소리를 내며 설거지를 시작하더군. 그제야 나는 파이프에 담배를 꾹꾹 채우며 암스테르담에서 있었던 일을 보고했지.

나는 호른스트라 씨를 속여 넘기고 그 계약을 맺었다고 말하면서 실제보다 훨씬 더 미화해서 얘기했어.

"자, 여기 계약서야. 한번 읽어봐" 하고 이야기를 끝맺었어.

아내의 손에 서류를 건네주면서 아내는 격식에 맞추어 쓴 네덜란드어를 겨우 반 정도 이해할 테고, 난무하는 상업 용어들에 눈앞이 어질어질해질 터라고 넘겨짚었지.

아내는 손의 물기를 닦더니 서류를 받아서 거실로 가 앉았어.

종합 해양 조선 회사에서 수천 장의 문서를 작성해온 나에게는 물론 다 애들 장난이었네. 하지만 나는 일부러 부엌에서 미적거렸어. 이런 계약서를 작성한다는 것이 집 안 대청소와는 얼마나 다른 차원의 일인지 아내도 몸소 느껴봐야 했거든.

"계약서 잘 썼지?" 몇 분 뒤 내가 부엌에서 물었어.

대답이 없길래 아내가 계약서를 읽다가 잠이 든 건 아닌지 보려고 거실을 빠끔 들여다보았어.

하지만 아내는 잠든 게 아니었네. 아니, 서류에 코를 박고는 한 줄도 놓치지 않으려고 검지로 짚어가며 열심히 읽고 있었지. 그러더니 어느 지점에서 손가락이 딱 멈추더군.

그런데 사실 이 서류가 무슨 베르사유 조약도 아니고 그렇게 몰두해서 읽어야 할 만큼 특별난 건 아니었어. 치즈, 5퍼센트, 300길더, 그게 다였는걸.

나는 라디오로 가서 채널을 돌렸는데 마침 벨기에 국가가 딱 흘러나오더군. 마치 내게 경의를 표하는 음악이 연주되는 듯했지.

"도대체 라디오 잠깐만 꺼봐요. 글을 도통 알아먹질 못하겠잖아." 아내가 말했어.

그러더니 잠시 후에 왜 그 사람들이 언제든 나를 "뻥 차버릴 수 있는" 계약을 맺었느냐고 묻더군.

내 아내는 그냥 이런 사람이야. 적어도 치즈를 치즈라고 말하지.

"언제든 뻥 차다니?" 나는 성이 나서 되물었어.

아내는 손가락으로 맨 마지막 조문인 9조를 가리켰고, 나는 읽었네.

"만일 호른스트라를 대리하여 행해지는 라르만스의 사업이 종료될 시에는, 그것이 라르만스 본인의 요망이건 호른스트라의 발의이건 라르만스는 어떤 손해배상도 청구할 권리가 없으며, 차후 월 지급액에 대한 청구권도 없는데, 후자는 봉급이 아니라 판매될 상품의 수수료에 대해 정산을 목적으로 하는 선지급금이기 때문이다."

빌어먹을! 이건 그리 간단한 문제가 아니었어. 그제야 나는 아내가 왜 그 대목에서 그렇게 오래 머물렀는지 이해할 수 있었네.

암스테르담에서, 그리고 나중에 기차에서, 나는 그 조항을 읽어보기는 했지만 너무 들뜬 상태라 정확한 의미를 깊이 따져보지 않았던 거야.

"'호른스트라의 발의'라는 게 무슨 뜻이야?" 아내는 이번에는 이렇게 물었어. 손가락은 여전히 어딘가를 짚고 있는데, 거기는 나를 아프게 하는 지점이었지.

발의란 아내가 이해하지 못하는 단어 가운데 하나였어. 발의건 제의건 논의건 그녀에겐 다 똑같은 말이었지. 도대체 그게 무슨 뜻이라고 설명하겠나?

그래서 나는 그냥 "발의가 발의지 뭐겠어?"라고 대답했고, 그러는 사이 아내의 어깨 너머로 해당 조항을 다시 한번 꼼꼼히 읽어보았는데, 아내의 말이 맞았다고 인정할 수밖에 없더군. 하지만 호른스트라 씨의 주장 역시 맞는 말이었어. 그도 그럴 것이 내가 치즈를 팔아치우지 못하고 있는데, 그가 2000년이 되도록 마냥 부담을 안고 있을 수는 없는 노릇이니까. 아무튼 나는 참 창피하더군.

"발의는 먼저 뭘 시작한다는 뜻이에요, 엄마." 얀은 교과서에서 고개를 돌리지도 않고 소리쳤어.

열다섯 살짜리 애송이 녀석이 묻지도 않았는데 이런 심각한 문제에 끼어들어 함부로 입을 놀리다니 기분 나쁘지 않은가?

"당신은 내가 위탁판매용 상품을 정상적인 기간 안에 판매할 의무도 없는데, 그런 높은 급료를 무한정한 기간 동안 받을 수 없다는 것쯤은 알 것 아닌가. 그건 부도덕한 짓이지!" 하고 나는 설명했어.

위탁판매와 부도덕이라는 말도 아내는 잘 모를 거라고 나는 확신했네. 아내를 당황하게 만들 심산이었지.

"어쨌든 걱정할 일은 없어. 장사가 잘되면 호른스트라 씨는 천년만년이고 계속 치즈를 팔아달라고 할 텐데. 그리고 양쪽 다 계약을 끝장낼 수 있는 상호성도 나한테 유리한 면이 있다고. 사람들이 시장에서 내 능력을 알아보기 시작하면 당장이라도 호른스트라 씨의 경쟁 업체 중 한 곳에서 훨씬 더 좋은 조건을 들고 와서 우리 집 대문을 두드릴지 누가 알겠어?"

버르장머리 없는 그 녀석이 위탁판매니 부도덕이니 상호성이니 또 설명하고 나서지는 않겠지.

아내는 계약서를 돌려주며 말했네.

"물론 치즈가 잘 팔리지 않을 이유는 하나도 없어." 그녀가 나를 안심시켜주더군. "열심히 하기만 하면 돼. 하지만 그래도 내가 당신이라면 신중하게 생각해보겠어. 조선소에서는 꼬박꼬박 월급이 나오니 걱정이 없잖아."

그거야 하나 마나 한 소리이고.

7

우리의 마지막 침대 회의 결론은 내가 조선소를 그만두지 않은 상태로 치즈 사업을 해야 한다는 것이었네. 아내는 의사인 형님이 손을 써줄 수 있을 거라고 했지. 형님이 진단서를 한 장 써주면 그걸로 병가를 받는다는 건데, 푹 쉬고 다시 회복하는 데 석 달이 걸리는 병명은 형님이 알아서 생각해낼 거라고. 다 아내의 머리에서 나온 생각이네.

내 개인적인 의견은 그건 죽도 밥도 아닌 해결책이며 이런 경우에는 양단간에 결정을 내려야 한다는 거야.

이런, 젠장! 치즈 시즌을 향해 가느냐, 아니면 말거나지. 그리고 돌아올 구멍부터 미리 만들어놓으면 어떻게 앞으로 나아가겠나? 자, 이제 그만 출발하자고!

하지만 내가 뭘 어쩌겠나? 아내는 아이들까지 끌어들였고 아이들은 제 엄마 말이 맞는다는데. 사업가가 되면 바쁜 생활이 나를 기다리고 있고 고민거리가 한둘이 아닐 텐데, 그것도 모자라 집에 와서까지도 계속 전쟁을 치러야 한다니 고맙군. 고마워.

나는 이 문제를 놓고 형님과 상의해보았네.

형님은 나보다 열두 살 위인데 부모님이 돌아가신 뒤로 그 자리를 채워주셨지.

열두 살이라는 나이 차이는 극복할 수 없었어. 내가 아직 철부지였을 때 형님은 이미 어른이었고, 그때 그 관계가 그대로 유지되었지. 형님은 마치 내가 아직도 골목에서 구슬치기를 하고 있는 꼬마인 것처럼 나를 보호해주고 꾸짖고 격려하고 조언을 해주신다네. 형님은 부지런하고 마음이 뜨거운 사내야. 용기와 책임감이 넘치고 자신의 운명에 만족하며 살아가지. 형님이 아침부터 저녁까지 진짜로 환자를 보러 다니는지는 알 수가 없네. 하지만 어쨌거나 온종일 자전거로 시내 곳곳을 누비고 다니다가 하루가 멀다 하고 오후에는 우리 집에 잠깐씩 들이닥치시지. 아내가 요리하고 있는 부엌으로 발소리를 쿵쿵 울리며 들어가서는 냄비 뚜껑을 열어보고 코를 킁킁대고, 큰아버지라면 껌뻑 죽는 내 두 아이와 떠들썩하게 인사를 나누고, 우리 가족의 건강을 물어보고, 온갖 질환에 대한 약품 샘플을 건네고, 물을 한 잔 마시고는 다시 밖으로 달려 나가시지. 이 모든 게 눈 깜짝할 새에 벌어지는 일이네.

형님에게 치즈 서사시의 도입부를 들려주는 데만 해도 무척 힘이 들었지. 형님은 안달복달하며 걸핏하면 내 말을 끊으면서 그저 자신이 그중 어떤 부분을 도와줄 수 있는지를 알고 싶어 했거든.

회사에서 내 자리가 위태로워질 수도 있다는 이야기를 듣자 형님의 환한 얼굴에 엄중한 기색이 드리워지더군.

"이 사람아, 이건 심각한 문제야. 지랄 맞게 심각한 문제라고."

그러더니 나를 혼자 놔두고 대뜸 부엌으로 들어갔어.

"저 녀석이 장사에 소질이 있을까?" 형님이 묻는 소리가 들렸네.

"그러니까요. 그건 본인이 알아야 하지 않겠어요?" 하고 아내가 답했지.

"심각한 문제야." 형님은 나한테 했던 말을 거듭했어.

"저도 저이한테 그렇게 말했어요."

나한테 그렇게 말했다고? 자기가? 저 여자를 창문 밖으로 던져버려야 하는 것 아냐?

그러는 사이 나는 있으나 마나 한 존재가 되어 거기 서 있었지.

나는 항의의 표시로 라디오를 켜려고 했는데 그만 형님이 다시 발코니로 걸어왔어.

"녀석아, 내가 너라면 일단 충분히 생각해보겠다."

비로소 나는 형님에게 회사에서 3개월짜리 병가를 얻어볼 생각이라는 이야기를 하는 데 성공했어. 벌써 네 번이나 이야기를 꺼내려고 했지만 형님이 그때까지 틈을 주지 않아서 그랬어.

그러자 형님은 적당한 병명들을 죽 읊더니 그중에서 고르라고 하더군. 형님 생각으로는 신경증이 제일 좋겠다고 하는데, 밖에 돌아다녀도 괜찮고 혹시나 상사가 나를 보더라도 뭐라고 할 수 없기 때문이라고 했네. 그리고 신경증은 사람들이

겁내지 않는다, 만약 내가 폐병이라고 하면 나중에 조선소로 다시 돌아갔을 때 사람들이 페스트균처럼 피할 것이다, 그러면서 형님은 그 치즈 광산을 캐는 일이 내게는 그저 재미 삼아 하는 외도일 뿐이며, 나중에 내가 다시 회사로 돌아갈 것이라고 확신했지.

그런 다음 형님은 진단서를 써주었어.

"네 마음대로 해, 녀석아." 형님은 다시 한번 고개를 절레절레 저으며 말했지.

아, 나는 이미 완전히 다른 사람이 됐도다!

조선소에서는 이제 내 집 같은 편안함이 느껴지지 않았고, 기계와 선박 건조에 관한 문서를 타이핑할 때도 며칠 후면 떼굴떼굴 굴러올, 그러니까 곧 여기 도착하게 될 고지방 에담 치즈가 눈앞에 어른거렸네. 주문서에 숫돌이나 철판 대신에 치즈라고 쓰게 될까봐 불안할 정도였지.

그럼에도 첫날에는 용기가 나지 않아 헨리 사장님의 방문을 두드리지 못한 바람에 진단서를 도로 집으로 갖고 왔어. 하지만 해야지. 곧 들이닥칠 치즈들은 원하든 원하지 않든 헤엄쳐야 하는 개처럼 내 꽁무니를 쫓아오고 있었으니까.

오늘 아침 나는 하머르의 방을 노크했네. 공식적으로는 우리 회사 회계 책임자이지만, 실제로는 헨리 사장님의 신임을 이중 삼중으로 받아도 될 만큼 온갖 잡일을 처리하는 진정한 만능 맨이네. 까놓고 말하자면, 말이 통하는 사람이지. 그는 팔꿈치를 괴고 오른쪽 귀에 손을 올린 채 상대를 쳐다보지도 않고 말을 듣다가 고개를 흔들기 시작하지.

나는 진단서를 보여준 다음 조언을 구했네. 그가 무엇보다도 조언해주기를 즐긴다는 사실을 알고 있었거든. 하루가 멀다 하고 그는 의사처럼 상담 시간을 가졌고, 그럴 때마다 자신의 우월함은 누구도 의심할 수 없으며 인정받는다는 느낌을 받고는 했지.

하머르는 마치 이런 진단서 뒷면에는 어떤 내용이 적혀 있기라도 한 것처럼 서류를 뒤집어보고 곰곰이 생각하더니 조선소의 경기가 좋지 않다고 하더군. 그건 맞는 말이지. 그런데 행여나 석 달 동안 직원 한 명이 빠진 상태로 회사가 돌아갔다는 사실을 알게 되면 그건 내게 위험한 일이 될 수도 있다, 게다가 아픈 사람에게 급료를 지불하는 데에는 얼마 안가 거부감이 생긴다, 그래서 말인데 만일 무급으로 병가를 얻어도 괜찮다면 헨리 사장님과 논의할 필요도 없다, 왜냐하면 보나 마나 사장님은 종합 해양 조선 회사가 병원도 아니고, 연금 공단은 더더욱 아니라고 할 테니까, 하지만 하머르는 무급 병가라면 자신이 그 책임을 지고 안에는 알리지 않겠다고 하더군.

여기서 '안'이란 사장실을 말하는데, 하머르와 수석 엔지니어 말고는 아무도 들어갈 수 없는 곳이지. 일반 직원이 안으로 호출되어 가면, 나올 때는 얼굴이 시뻘게져 있어. 세 번쯤 다녀오면 보통은 해고가 수순이야.

"아마도 사장님은 당신이 없는 걸 눈치도 못 챌 거요." 하머르가 말했어.

그럴 가능성이 크지. 지난해에 하머르가 휴가를 갔을 때, 내가 연차가 제일 높은 직원으로서 하머르 대신에 서류를 받으러 안에 들어가야 했지. 그런데 그때 사장님은 내 이름도 모르는 눈치였어. 처음에는 습관적으로 나를 하머르라고 부르더니 나중에는 아예 이름을 부르지도 않더군.

나는 하머르의 제안을 놓고 아내와 함께 심사숙고한 결과, 모든 측면을 고려할 때 그게 가장 좋은 해결책이라는 판단이 들었네. 그리고 그 제안을 받아들임으로써 나는 부당한 임금을 받으며 내 손을 더럽힐 사람이 아님을 다시 한번 입증하게 되었지.

하머르는 혹시 이 일이 사장님의 귀에 들어가게 될 경우 자신을 변호할 근거로 쓰려고 내 진단서를 따로 챙겨두었네. 나는 어차피 돌아와야 하기 때문에 동료들에게 작별 인사조차 할 필요가 없었던 것일까? 하머르는 내가 건강을 회복하면 돌아온다고 철석같이 믿고 있었어. 이 착한 양반은 내게 속아 넘어가서 내 재산을 불리는 일에 한몫하게 됐다는 사실을 알

지 못했던 거야. 나는 나중에 근사한 선물로 신세를 갚겠다고
굳게 마음먹었네.

이제 내 앞에는 치즈의 세계가 활짝 펼쳐져 있었어.

8

사업가가 사무실을 마련해 단장하는 일은 곧 엄마가 될 젊
은 임신부가 기저귀 바구니를 준비하는 것과 비슷하네.

나는 첫애가 태어났을 때를 아직도 생생하게 기억하는데,
지금도 그때의 아내 모습이 눈에 선해. 아내는 하루 일과를
마친 뒤에도 허리가 아프면 이따금씩 쉬어가면서 밤늦도록
등불 앞에 앉아 바느질을 했지. 그 모습에는 어떤 엄숙함이
어려 있었는데, 마치 세상에 홀로 서서 좌고우면하지 않고 자
기 길을 걷는 사람 같았어. 내 첫 번째 치즈의 날이 동틀 때도
그런 감정이 밀려왔네.

나는 일찌감치 일어났는데, 하도 이른 시간이어서 아내가
나더러 미쳤다고 할 정도였지.

"새 빗자루가 잘 쓸리네." 아내가 말했어.

나는 우선 사무실을 집에 마련해야 할지, 아니면 시내에 따
로 얻어야 할지부터 결정해야 했어.

아내는 집이 좋겠다고 했어. 그러면 월세가 추가로 나가지 않으니 돈이 적게 든다는 이유였지. 게다가 전화를 온 가족이 함께 쓸 수도 있었고.

집 안을 꼼꼼히 살펴본 결과, 우리의 선택은 부엌 위쪽, 욕실 옆의 작은 방으로 낙점되었어. 그러니까 목욕을 하려면 사무실을 지나가야 하는 거지. 때로는 파자마 차림으로 말이야. 하지만 그런 경우는 대개 토요일 오후나 일요일이고, 내 사무실의 공식적인 성격이 막을 내린 뒤의 일이지. 그러면 사무실은 중립지대가 되고, 나는 식구들이 거기서 자수를 놓건 카드 놀이를 하건 개의치 않아. 다만 서류는 건드리지 않는다는 조건하에서 말이야. 그건 참을 수 없거든.

그 작은 사무실에는 사냥과 낚시 장면을 묘사한 벽지가 붙어 있었는데, 처음에 나는 도배를 새로 할 계획이었어. 꽃 따위의 무늬가 없는 엄격하고 단조로운 벽지로 도배한 다음 찢어내는 일력과, 예를 들면 네덜란드의 치즈 생산 지역을 표시한 지도 말고는 벽에 아무것도 걸지 않는 거지. 얼마 전에 보르도 일대의 와인 생산 지역을 특이한 색깔로 표시한 지도를 본 적이 있어. 그런 유의 치즈 생산 지역 지도가 아마 있지 않을까? 하지만 아내는 내 사업이 확장될 때까지 도배는 좀 기다리는 게 좋겠다고 하더군. 아내가 실제로 한 말은 "장사가 좀 될 때까지"였어. 그래서 나는 원래 있던 벽지를 당분간 그냥 썼지.

하지만 내 의지를 관철하는 편이 더 나았을 거야. 그도 그럴 것이 이 치즈호의 키를 누가 잡고 있는가? 아내인가, 나인가?

나중에라도 어쨌든 벽지는 바꿀 거야. 내 영혼의 저 깊은 곳에서 그 벽지는 사형선고가 내려져 있으니까. 무릇 사업가라면 세상이 뒤집어지더라도 자기 뜻대로 밀고 나가야 하지 않겠나?

사무실에 편지지, 마자랭 책상, 타자기, 전보 주소, 서류철 클립, 그리고 기타 물건들 한 보따리를 장만하느라 나는 끔찍하게 바빴어. 사흘 후면 에담 치즈 20톤이 이 남쪽으로 오는 여정을 시작하는 터라 빨리빨리 서둘러야 했거든. 치즈가 도착했을 때는 만반의 태세를 갖추고 있어야지. 전화기는 따르릉, 타자기는 탁탁, 서류철 클립은 찰칵찰칵 일할 준비를 말이지. 그리고 그 한가운데에 내가 앉아 있지. 내가 두뇌니까.

편지지 문제로 나는 반나절이나 골머리를 썩였어. 사실 내 생각은 편지지에는 현대적인 회사명이 박혀 있어야지 그냥 단순하게 '프랑스 라르만스'는 안 된다는 거야. 게다가 내 치즈 사업이 헨리 사장님의 귀에 들어가지 않는 편이 좋겠지. 앞으로 종합 해양 조선 회사에 다시는 내 발을 들여놓지 않는다는 확신이 들기 전에는 말이야. 치즈 납품차 구내식당에 들어가는 경우라면 몰라도.

나는 회사 이름 짓기가 이렇게 어려우리라고는 짐작조차 하지 못했어. 하지만 나보다 똑똑할 것 없는 그 숱한 사람들도 다 이런 어려움을 극복하지 않았나.

기존의 회사 이름들을 보면 언제나 너무 평범해서 익숙하다고 말할 수 있을 정도야. 상투적인 이름 말고는 새로운 이름을 만들어내지 못했다는 말이지. 하지만 참신한 이름은 어디서 가져오는 것일까? 나는 창조의 고통에 맞닥뜨렸어. 무에서 뭔가를 나타나게 하는 마술을 부려야 했으니까.

'치즈 상사'라는 단순한 이름으로 시작해보았어.

그런데 그 밑에 내 이름을 적어주지 않으면 너무 막연해 보이더군. "치즈 상사, 페르뒤선 길 170, 안트베르펜". 뭔가 숨기는 것이 있거나 치즈 속에 구더기라도 있을 것처럼 수상해 보이지 않나?

그때 '치즈 종합상사'라는 이름이 떠올랐지.

이미 더 나아 보였어. 하지만 우리나라 말로 이름을 지으니 너무 있는 그대로이고 너무 뻔하고 또 너무 밋밋하다 싶어. 또 앞서 말했듯이 나는 '치즈'라는 단어를 썩 좋아하지는 않아.

그래서 '치즈 종합상사'를 프랑스어로 한번 옮겨보았어. '코메르스 제네랄 드 프로마주'.

더 듣기 좋고, 프로마주는 치즈라는 말보다 덜 치즈스럽지.

'코메르스 제네랄 드 프로마주 올랑데'●라고 하면 또 좀 더

낫단 말이야. 이로써 나는 에담 치즈만 팔면서 그뤼예르 치즈나 체스터 치즈를 찾는 많은 사람과 확실하게 거리를 두는 셈이지. 하지만 '코메르스'로는 충분하지 않더군.

그래서 이렇게 바꿔봤지. '앙트르프리즈 제네랄 드 프로마주 올랑데'.

어감이 괜찮지. 그런데 앙트르프리즈에는 뭔가를 감행한다는 뜻이 담겨 있는데, 사실 나는 감행할 일이 하나도 없었어. 치즈를 그냥 창고에 쌓아놓고 파는 일일 뿐.

그러니 '앙트르포●● 제네로 드 프로마주 올랑데'가 되겠지.

하지만 치즈 저장은 부차적인 일이야. 더구나 내가 직접하지도 않을 테고. 그 많은 치즈를 우리 집에 보관하고 싶은 마음은 없으니까. 그랬다가는 이웃에서 항의가 들어올 테고, 그래서 창고업이라는 게 있지.

내 사업의 핵심이자 특성은 판매야. 호른스트라 씨가 말한 '매상'을 올리는 일. 영국인들이 '트레이딩'이라고 부르는 것. 그 말 한번 멋지지 않은가!

그러면 내가 다녔던 '제너럴 머린 앤드 십빌딩 컴퍼니' 같은 영어식 이름도 입에 착 달라붙지 않는가? 영국은 상업 분

● '네덜란드'를 뜻하는 프랑스어.
●● '창고'를 뜻하는 프랑스어.

야에서 세계적인 명성을 떨치는 나라 아닌가?

'제너럴 치즈 트레이딩 컴퍼니?' 이제 빛이 보이기 시작하는군. 고지에 다 왔다는 느낌이 들어.

'안트베르펜 치즈 트레이딩 컴퍼니?' 아니면 '제너럴 에담 치즈 트레이딩 컴퍼니?'

그 치즈라는 말이 들어가는 한 안 되겠더군. 치즈를 다른 말로 대체해야 했지. 식품이라거나 유제품이라거나 그런 유의 단어로.

'제너럴 안트베르펜 피딩 프로덕츠 어소시에이션?'

유레카! 첫 글자를 따면 '가프파(Gafpa)', 진짜 캐치프레이즈 아닌가? 신사분, 치즈는 이왕이면 가프파에서 사세요! 부인, 아직 진짜 가프파 치즈 맛을 못 보셔서 그래요. 신사분, 가프파 치즈는 치즈가 아니라 꿀입니다. 서두르세요. 저희 가프파 치즈 재고가 거의 바닥이거든요. 나중에는 가프파 치즈에서 치즈가 저절로 떨어져 나가게 될 거야. 가프파가 머지않아 고지방 에담 치즈와 동의어가 될 테니까. 나는 조찬으로 식빵 한 장에 가프파 한 덩이를 먹었소. 그 정도는 해야지.

'가프파' 뒤에 프란스 라르만스가 숨어 있다는 사실을 아는 사람은 우리 가족과 형님, 그리고 나의 친구 판스혼베커 씨 말고는 아무도 없어. 판스혼베커 씨에게는 회사 이름을 즉시 전화로 알려주었지. 집에 전화가 놓였고 모름지기 그 자체가 성공이라는 의미니까.

아들 녀석 얀은 벌써 학교 친구들에게 그냥 재미 삼아 전화를 돌렸고, 나는 내 차례가 올 때까지 기다려야 했지. 속 좁게 굴고 싶지 않아서 첫날에는 어느 정도 눈감아주었어. 그런데 판스혼베커 씨는 내 전화를 받고 제대로 알아듣지 못하더군. 내가 '하스파르트'라고 말하는 줄 알았던 거야. 금니를 한 그 판스혼베커 씨 친구의 이름이 하스파르트거든. 아무튼 그건 수요일에 만나면 따로 얘기해야지. 그러고 나서 나는 그냥 집에 전화가 놓였다고 말하며 전화번호를 알려주었어. 판스혼베커 씨는 늘 하던 대로 축하 인사를 건네더니 에담 치즈 샘플을 좀 갖다달라고 하더군. 당연히 갖다줘야지. 그리고 선물도. 시간이 나는 대로 판스혼베커 씨와 하머르에게는 근사한 선물을 할 생각이야.

가프파를 내 전보 주소로도 함께 사용할 수 없다는 것은 유감이었어. '가펠스&파렐스'라는 회사가 그 이름을 이미 자기들 주소로 등록해놓았지 뭔가. 그래서 나는 치즈 맨, 치즈 공, 치즈 트레이더, 치즈 트러스트, 라르마 치즈, 치즈 프란스 사이에서 고민에 빠졌지. 알파벳을 열 개까지만 쓸 수 있거든. 그런데 그중에서 마음에 드는 이름이 하나도 없었어. 그래서 결국엔 가프파를 그냥 거꾸로 뒤집어서 아프파그(Apfag)라고 등록하기로 결정했지. 이 이름도 하마터면 쓰지 못할 뻔했는데, g만 빠진 '아프파'가 이미 등록되어 있었으니 말이야. '아소시아시옹 프로페시오넬 데 파브리캉 오토모빌'이라는 단체의 것이었는데, 이름을 보아하니 치즈와는 전혀 상관없는 곳이더군.

이제 회사의 상용 편지지를 인쇄소에 맡겼고, 인쇄가 끝나면 바로 호른스트라 씨에게 편지를 쓸 생각이었지. 사무실 정리가 끝나려면 아직 한참 더 있어야 했으니까 상품 배송을 재촉하는 것은 아니고 그저 내 편지지를 보여주기 위해서였어.

아내는 내가 무척 바쁘게 일하는 모습을 흡족한 눈으로 바라보았어. 본인이 축 늘어져 있는 걸 견디지 못해서 항상 무슨 일이든 하고 있는 사람이거든.

아내가 행복해한다는 걸 알 수 있었어.

내가 사무실에 앉아 있으면 아내는 욕실에 가면서 양해를 구하는 말을 절대 빠뜨리는 법이 없었지. 내 구역을 지나가야 했으니까. 예를 들면 이런 식이야. "비누가 또 떨어져서." 아니면 "스웨터 빨 온수만 얼른 좀 가져갈게".

나는 흐뭇하게 웃어 보이며 이렇게 대답하지. "그러시구려." 그런데 이 말은 꼭 해야겠네. 아내가 내 사무실을 존중하는 만큼이나 나는 아내의 부엌을 존중한다고 말이야.

아내가 사무실을 지나갈 때 다리를 살짝 꼬집어보고도 싶었지만, 사무실은 나에게 신성한 공간이었지.

이제 아내도 정육점 주인이나 여기저기에 전화를 해. 전화하는 법을 가르치는 데 꽤 힘이 들었는데, 아내는 한 번도 전화를 걸어본 적이 없고 그 번호들을 돌리는 것만으로 빵집 주인과 이야기할 수 있다는 사실을 도무지 이해하지 못했기 때문이야. 하지만 아내는 악착같은 사람이라 이제 전화 통화에는 선수가 됐어. 다만 통화할 때 빵집 주인이 자신을 볼 수 있기라도 한 것처럼 여전히 손짓을 좀 해가며 말을 하긴 하지만.

아내가 일을 하는 모습을 보면, 방금 부엌에 있다가 다시 빨랫감이나 양동이를 끌면서 위층이나 지하실을 오가는데, 저렇게 단순한 사람이 내가 호른스트라 씨와 맺은 계약서에 있는 그 난해한 조항의 의미를 어떻게 간파했는지 말문이 막힐 정도지.

나는 착한 우리 어머니가 이 모든 걸 함께하지 못한 것이 참으로 안타까워. 어머니가 전화하는 모습을 한 번이라도 볼 수 있었다면…….

9

나는 회사 편지지 한 권을 나의 친구 판스혼베커 씨의 잡담회에 가져가서 아래층 현관 복도에서 그에게 건넸어. 나를 맞이하러 나왔더라고.

"진심으로 축하하네." 판스혼베커 씨는 다시 한번 축하 인사를 건네고는 편지지를 주머니에 넣었어.

내가 지난번에 앉았던 자리는 당연하다는 듯 내가 앉을 때까지 비워져 있었고, 그 양반들 가운데 누구도 감히 내 자리를 차지할 엄두를 내지 못했다는 확신이 들었어.

그날 저녁의 화제는 러시아였지.

폐허 더미에서 새로운 신전을 건설하려고 애쓰는 그 맨몸뚱이 인간들을 나는 진심으로 경외하고 있어. 더구나 그건 치즈 20톤을 판매하는 것과는 또 완전히 다른 차원의 일이겠지. 하지만 나는 가프파의 대표로서 그런 감상에 빠지지 않으며, 내 치즈의 앞길을 가로막는 것들은 모두 짓밟아버리기로 굳게 결심했어.

한 참석자가 러시아에서는 수백만 명이 빈집의 파리 떼처럼 기아로 떼죽음을 당하고 있다고 주장했어. 바로 그 순간 그 멋진 판스혼베커 씨가 내 편지지를 옆 사람에게 건넸고, 그 사람은 관심을 보이며 그게 뭐냐고 물었어.

"우리의 친구 라르만스 씨가 최근에 사업을 시작하면서 만든 상용 편지지죠. 아직 못 보셨습니까?" 판스혼베커 씨가 설명해주었지.

그 비겁한 작자는, 보지는 못했지만 들어보기는 했다고 둘러대더니 건네받은 편지지를 다시 옆 사람에게 돌렸어. 그렇게 내 편지지는 개선가를 올리며 좌중을 한 바퀴 돌았지.

"아주 흥미롭군요.""일류로 보입니다.""그렇다마다요. 식품보다 나은 건 없죠." 내 앞에서, 옆에서 이런 소리가 터져 나왔어. 투탕카멘의 미라도 이보다 더 많은 관심을 받지는 못했을 거야.

"러시아인들한테 한참 필요한 게 바로 이 가프파인데"하고 판스혼베커 씨가 말했어.

"나는 가프파의 행운을 위해 한 잔 들겠소."늙은 변호사 하나가 선언했는데, 내가 보기에 그는 겉으로 행세하는 것보다 돈이 없었어. 내가 그 미심쩍은 '조선소 감독관직'을 떨쳐 벗어버린 뒤로는 모임에서 가장 서열이 낮은 사람이 되었고, 그럴싸한 구실이 있을 때마다 술잔을 비웠어. 내가 보기에 그는 그저 와인을 마시려고 온 것 같았지.

나 역시 내 손에 온 편지지를 눈길 한 번 주지 않은 채 옆으로 돌렸고, 그렇게 해서 편지지는 결국 집주인의 손에 다시 돌아갔고, 판스혼베커 씨는 그것을 테이블 위 자기 앞에 놓았지.

"프란스, 끝내줬소." 내가 그 집을 나올 때 판스혼베커 씨가 말했어.

"아, 참" 하며 그가 털어놓기를, "공증인 판데르제이펀 씨가 당신이 자기 막내아들과 동업을 하면 어떻겠느냐고 당신에게 아들을 추천해달라고 부탁했소. 돈이 아주 많고 반듯한 사람들이오" 하고 말을 맺었지.

나더러 내 노동의 열매를 아무나하고 나누라고? 생각도 해보지 않은 이야기였어. 그 젊은 친구를 조선소에 내 후임으로 추천하는 건 몰라도 말이야.

"아빠, 치즈가 도착했대요." 집에 왔더니 아들 얀이 문간에 서서 소리치더군.

딸아이가 그 소식을 확인해주었지.

누가 전화를 걸어와서 치즈를 어떻게 할지 물었다는 거야. 그런데 이다는 그 사람 이름을 기억하지 못했네. 아니, 어쩌면 못 알아들었을 수도 있어. 그러면 왜 엄마를 부르지 않았느냐? 엄마는 장 보러 가고 없었대.

내 앞으로 치즈 20톤이 도착해서 시내에 있는데, 그게 어디인지 말해줄 수 있는 사람이 없다니 이런 터무니없는 일이 있나? 그래, 아이들을 믿고 사시게.

치즈가 도착한 게 사실이기는 할까? 혹시 판스혼베커 씨가 전화로 장난을 친 것은 아닐까? 아니면 이다가 말귀를 잘못 알아들었다든가.

하지만 이다는 확고했고 자신의 심기를 건드리지 못하게 했지. 완전 황소고집이었어. 전화한 사람은 내 앞으로 치즈

20톤이 도착했다고 말했고 처리 방향을 물었다는 거야. 그러면서 무슨 모자 이야기도 했다고 하더군.

해도 해도 너무하는 거 아닌가? 처음엔 치즈라더니 이젠 모자라고? 이런 애는 귀싸대기를 한 대 맞아야 하지 않겠나?

김나지움 4학년●이나 되는 애가 이 지경이야.

나는 초조해서 밥이 넘어가지 않아 사무실로 들어가버렸지. 만약 **지금** 아내가 비누를 갖다놓으러 오거나 "온수만 얼른 좀 가져갈게" 하면서 지나가려고 한다면 물을 확 끼얹어버릴 것 같았어.

"**지금**은 피아노 치지 마!" 아래층에서 아내가 아이를 야단치는 소리가 들렸어. 그리고 그건 나에 대한 존경의 증표랄까, 그래서 기분이 좋았지.

"당신은 꼭 후회하는 사람 같아." 아내가 쏘아붙였어.

"무슨 후회? 뭘 후회해?" 나도 닦아세웠지. "어쨌든 나는 치즈를 기다리고 있다고. 치즈가 **와야** 할 거 아냐. 그런데 혹시 당신 이런 말 들어봤어? '흔적도 없이 증발한 에담 치즈', 아니면 '모자를 쓴 치즈'. 무슨 스릴러 영화 같잖아."

"호들갑 좀 그만 피워!" 아내가 말했어. "만약 치즈가 도착하지 않았다면 그건 착오가 있었다는 말이고. 치즈가 도착했

● 대학 진학을 목표로 하는 고등학교 1학년 정도에 해당한다.

다면, 그럼 뭐 더 좋고. 어쨌거나 그 치즈가 설마 네덜란드로 돌아가기야 하겠어? 지금은 사무실들이 다 문을 닫아서 그렇지만, 내일 아침 일찍 기차역에서 무슨 소식이 온다는 데 손모가지를 걸게. 아니면 혹시 치즈가 배편으로 왔어?"

그건 나도 모르지. 도대체 내가 어떻게 알겠나? 전화를 받은 그 황소고집 딸아이가 알겠지.

"프랑스, 와서 밥이나 먹지 그래? 그리고 내일 새벽까지 기다려. 지금은 어차피 시간이 너무 늦었어."

그래서 나는 문제의 그 황소고집을 마지막으로 한 번 더 맹수의 눈길로 노려본 다음, 하는 수 없이 식탁에 가 앉았고, 그 녀석은 눈물이 그렁그렁한 눈으로 서 있었지만, 입가에는 결연한 표정을 짓고 있더군. 좀 있다가 한 살 위 오빠 얀이 자기 모자를 동생의 접시 위에 얹어놓고, 그 옆에 나이프를 놓자 모자를 대번에 탁 쳐서 부엌의 가스레인지 밑으로 날려버리는 걸 보니 성까지 잔뜩 난 모양이었어.

그래, 그래, 치즈는 도착한 거야. 그런 느낌이 와.

10

이튿날 아침 9시가 조금 넘었을 때 '푸른모자 물류 회사'라는 곳에서 전화가 와서 치즈를 어디에 두어야 할지 물었어.

그제야 나는 그 모자 얘기가 무슨 말인지 사정을 파악했지. 딸아이에게는 나중에 초콜릿이라도 하나 사다주려고.

나는 에담 치즈를 통상 어떻게 처리했는지 되물어보았어.

"구매자에게 배달해드리지요. 저희에게 주소만 알려주시면 됩니다."

나는 이 치즈 20톤이 아직 팔리지 않았다고 말했어.

"그러면 특허를 받은 저희 지하 저장고에 치즈를 보관하실 수 있습니다."

그쪽의 대답이었어.

전화상으로는 깊이 생각하기가 어렵다 싶더군. 너무 빨리 진행되었어. 그러면 아내에게 조언을 구한다? 그러고 싶지는 않았어. 사무실 도배 여부에 관한 결정권을 아내에게 부여하는 것은 이상하지 않다고 보지만, 치즈의 운명이 걸린 문제에서는 내가 지휘권을 쥐어야지. 내가 바로 가프파 아닌가?

"저희 사무실에 한번 들르시는 게 제일 좋을 듯합니다만" 하고 권하더군.

이런 자상한 초대를 받으니 이 사람들이 내 치즈를 포함해 나를 자신들의 보호하에 두려는 것만 같아서 신경이 곤두섰어. 나는 누구의 보호도 필요 없는 사람이야. 공증인의 아들인가 하는 그 녀석과 그자의 돈이 필요 없는 것과 마찬가지지.

그럼에도 나는 그 제안을 받아들였어. 그 후에 통화가 끊겼기 때문만이 아니라 내 치즈가 안트베르펜에 도착할 때, 말하자면 마중이란 걸 나가야 한다는 생각이 들었기 때문이지. 이 초도 배송 치즈는 내가 개인적으로 사귀어나가야 할 군대의 선발대인 셈이니까. 그리고 나중에 호른스트라 씨의 귀에 자기의 에담 치즈가 아주 무시당한 채로 첫 번째 병참을 완수했다는 말이 들어가게 되는 것도 원치 않았어.

내가 푸른모자 물류 회사에 도착하기 전에 치즈 문제에 대한 판단은 이미 끝나 있었지. 나는 나날이 단호한 사람이 되어가고 있었거든.

치즈는 지하 창고로 들어가야 했어. 그것 말고 내게 다른 뾰족한 수가 있겠나?

내 생각에는 판스혼베커 씨가 호른스트라 씨에게 내가 종합 해양 조선 회사의 사무원이고, 따라서 치즈 분야에 완전히 문외한일 뿐만 아니라 아직 사무실조차 제대로 갖추지 못했다는 얘기를 하지 않은 것 같아. 어쨌건 내가 아직 실질적인 판매 활동에 몰두할 만한 형편은 아니었지. 마자랭 책상은커녕 타자기조차 마련하지 못했는걸.

이것도 다 아내 탓이야. 아내는 몇백 프랑만 주면 중고 책상을 살 수 있다고 몰아세웠지. 사무용 가구점에 가서 새 책상을 사려면 얼추 2000프랑은 줘야 하지만, 대신에 그날 오

후에 집으로 가져다주니 볼일은 끝나지 않나? 그리고 나는 이런 비품 구매에 시간을 삼십 분 이상 써서는 안 된다고 봐. 시간은 하염없이 흘러가고 하루하루가 금세 일주일이 되는 법이니까. 그러면 치즈는 도대체 어느 세월에 팔겠나?

아무튼 그래서 지하 창고행이야.

그런데 혹시 그 푸른모자 물류 회사 사람들이 내가 '특허받은 지하 창고'라는 말에 솔깃했을 거라고 생각한다면 그건 크나큰 오산이야. 자, 자, 여보시오들, 난 그런 미끼를 덥석 물지 않아!

나는 내 눈으로 직접 지하 창고를 보고 싶었지. 내 치즈들이 거기서 안전하고 신선하게, 그리고 지하 납골당 안에서처럼 비에 젖지 않고 쥐 새끼도 없어서 아무런 방해 없이 쉴 수 있는지 똑똑히 확인하고 싶었어.

그래서 나는 그 회사의 지하 창고를 꼼꼼히 둘러보았는데 아무 문제가 없다고 인정할 수밖에 없더군. 아치형 천장에 바닥은 뽀송뽀송했고, 벽은 지팡이로 톡톡 두드려봤는데 속이 빈 소리를 내지 않았어.

여기라면 내 치즈들이 도망가지 못할 것 같아 마음이 놓였지. 게다가 그곳에는 전에도 치즈가 보관된 적이 있었다는 걸 냄새로 알 수 있었어. 혹시 호른스트라 씨가 창고를 보게 된다면 잘됐다고 축하를 해주겠지.

내 치즈 20톤은 네 대의 짐차에 실린 채로 물류 회사 마당에 있었는데, 그 전날 저녁에 급하게 짐을 내리느라 그렇다고 하더군. 그러지 않았다면 철도 회사에서 보관료를 청구했겠지. 그리하여 내 보물 창고에 치즈가 보관되는 장면을 참관하게 되었어. 나는 승마 교관처럼 지하 창고 한가운데에 내려서 있었고, 마지막 상자가 옮겨질 때까지 눈에 불을 켜고 지켜보았지.

호른스트라 씨가 맛보기로 보낸 치즈는 하나당 2킬로그램 정도 되는 치즈 만 개였는데, 모두 삼백칠십 개의 특허 상자에 담겨 포장되어 있었어. 에담 치즈는 보통 낱개인 상태로 배송하지만, 이건 상자로 포장할 만큼 일급의 고지방 치즈라고 물류 회사 직원이 말해주더군. 이런 식으로 포장되어 있으면 공급하기가 수월하기에 나는 치즈를 스물일곱 개씩 묶어서 판매할 생각이었어. 상자 하나에 치즈가 스물일곱 개씩 담겨 있으니까.

마지막 상자는 부서져서 열려 있었어. 그 직원 말로는 세관에서 열어보았다고 하더군. 그런 다음 내 치즈 중 하나를 골라 반으로 갈랐다는 거야. 그런데 그 반쪽이 보이지 않길래 그건 어디로 갔느냐고 내가 물었어.

그러자 그 직원은 항구에서 이런 일을 더러 겪어보지 않았느냐고 되묻더군. 내가 이 분야에 생짜 초보라는 인상을 받은

게 분명했어. 그렇지 않다면 세관의 기브 앤드 테이크 문화를 내가 모를 리 없을 테니까.

"사장님, 그 사람들이 상자 삼백칠십 개를 하나하나 강제로 열어볼 권한이 있다는 걸 모르십니까? 그 잘려 나간 치즈 공 반쪽의 값을 세관에 청구해서 돌려받을 수는 있어요, 사장님. 그런데 제가 세관원한테 그 반 개를 선물로 준 겁니다, 사장님. 그래서 호른스트라사는 세금 3000프랑을 아낀 거예요, 사장님. 이 고지방 치즈들은 저지방 치즈로 세관에 신고됐으니까요. 고지방은 세율이 더 높습니다. 아시겠습니까, 사장님?"

사장님, 사장님 하는 데서 어쩐지 위협적인 느낌이 들더구먼.

이어서 그는 치즈 상자 하나는 내 집으로 배달하면 되겠느냐고 물었어. 분명 샘플이 필요할 거라고 하면서 말이지.

나는 푸른모자 물류 회사 사람들과는 문제를 일으키지 않는 편이 더 나을 것 같아 그 상자를 집으로 배송하라고 승낙해주었어. 당장 샘플이 필요한 상황은 아니었는데도 말이야. 무엇보다 사무실을 완벽하게 갖추는 게 우선이었지. 그런 다음에 판매에 나서는 거지.

환한 얼굴을 보는 것보다 더 좋은 것은 없기에 나는 그 직원에게 치즈 공의 나머지 반쪽에 팁까지 넉넉히 얹어주었고, 내 치즈를 다시 한번 강력히 추천한 다음, 십자군 시절의 요

새 성문을 닫듯 창고 문을 닫았지.

나는 편안한 마음으로 집으로 갈 수 있었어. 그곳이라면, 폭력이라도 쓰지 않는 다음에야 내 에담들은 밖으로 나올 수 없어. 내 치즈들은 부활의 그날까지 거기에 고이 있을 거야. 내가 암스테르담에서 돌아올 때 발걸음을 멈추었던 그 진열 창 안의 치즈들처럼 의기양양하게 밖으로 나와 제 모습을 뽐낼 그날까지.

11

집에 돌아오니 치즈 상자는 벌써 내 사무실에 놓여 있었어. 치즈가 스물여섯 개 들어 있는 묵직한 상자. 치즈 하나에 2킬로그램, 거기에 포장 무게까지. 그래서 다 합하면 60킬로그램.

그 직원은 왜 상자를 지하실에 갖다두지 않았는지? 여기서는 걸리적거리는 데다가 그놈의 치즈 냄새는 벌써 나무판자를 뚫고 뿜어져 나왔어. 상자의 위치를 옮기려고 해보았지만, 잘되지 않더군.

그래서 일단 쇠 지렛대를 가져왔지.

그런 다음 집 안이 쿵쿵 울릴 정도로 망치질을 시작했더니 아내가 도울 일이 없는지 보려고 올라왔어. 아내는 담석증으로 고생하는 옆집의 페이테르스 부인이 자기 집 문간에 서서 물류 회사 직원이 치즈 상자를 들여놓고 나서 다시 차로 길 모퉁이를 돌아가는 모습을 구경했다는 이야기를 하더군. 나는 페이테르스 부인이 뒈지건 말건 알 바 아니라고 대꾸했고, 한숨을 돌린 다음 널빤지 하나를 떼어내는 데 성공했지. 상자의 어떤 부분이 특허인지는 알 수 없지만, 아주 튼튼하다는 점은 틀림없더군. 나머지는 식은 죽 먹기였지. 마지막으로 한번 더 힘을 쓰자 치즈가 모습을 드러내지 않겠나? 은박지로 하나하나 싼 치즈들, 큼직한 부활절 계란 같았어. 창고에서 이미 봤는데도 새삼 가슴이 뭉클했지.

치즈 로망이 정말 현실이 된 거야.

나는 치즈를 지하실에 보관해야 한다고 딱 잘라 선언했고 아내도 내 말에 동의했지. 그러지 않으면 치즈가 바싹 말라버리거든.

아내가 이다와 얀을 불렀고, 우리 넷은 각자 두 개씩 치즈를 들고 지하실로 내려갔어. 그래서 세 번 왕복으로 운반을 끝냈지. 마지막 남은 치즈 공 두 개는 아이들이 날랐어. 큼직한 빈 상자는 내가 직접 가지고 내려오려고 했지만, 이제 열여섯 살에 운동으로 몸이 탄탄한 얀이 내 손에서 상자를 빼앗더니 머리에 이고서 지하실로 나르더군. 도중에 녀석은 곡예사처럼 상자에서 두 손을 떼면서 내려갔지.

지하실에서 아내는 에담 치즈 스물여섯 개를 도로 상자 안에 넣었고, 나는 덮개의 널빤지를 고정하지 않은 채로 위에 다시 얹어놓으면서 상자를 덮었어.

"이제 당신과 너희들이 치즈 맛을 한번 봐야지"하고 내가 말했지. 지휘권은 영원히 나한테 있거든.

그러자 얀은 은빛의 치즈 공 하나를 꽉 집어 들고 공중으로 휙 던졌다가 손에서 제 턱을 향해 팔 위로 굴리더니 내 눈초리를 알아채고 얼른 제 엄마에게 건네주었어. 이다 역시 뭐라도 거들자 싶었던지 치즈에서 은빛 포장지를 조심스레 벗겼고, 그러자 붉은색의 치즈가 그 모습을 완연히 드러냈지. 내가 어릴 적부터 알고 있으며, 지금도 이 도시 전역에서 팔리고 있는 것과 같은 그 치즈.

우리는 한동안 치즈를 가만히 쳐다보았고, 그런 다음 나는 무표정한 얼굴로 치즈 한가운데를 자르라고 명령을 내렸어.

처음에는 아내가 시도했다가 이내 이다가 칼을 넘겨받아 절반 정도 잘랐고, 나머지는 얀이 처리했어.

아내는 냄새를 먼저 맡아본 다음, 얇게 한 조각을 저며내 맛을 보고 나서 아이들에게 한 쪽씩 나누어주었어. 나는 의식을 집전하는 역할이었지.

"당신은 맛보지 않아도 돼?" 벌써 몇 차례 꿀꺽 삼키며 먹고 있던 아내가 드디어 물어보더군. "맛있는걸."

나는 치즈를 좋아하지 않지만, 어쩔 도리가 있겠나? 앞으로 내가 본보기를 보여야 하지 않는가? 내가 최선봉에 서서 치즈 애호가 군단을 진두지휘해야 하지 않는가? 그래서 나는 부스러기 한 조각을 입에 넣었는데, 그때 형님이 초인종을 울렸어.

형님은 매일 하던 대로 자전거를 현관 복도에 세워두고는 쾌활한 발걸음으로 쿵쿵거리며 집 안에 들어왔지.

"내가 방해했나?" 하고 형님이 물었을 때 형님은 이미 부엌에 서 있었지.

"동생, 이게 그 치즈인가?"

그러고는 스스럼없이 치즈 한 조각을 잘라 한입 가득 넣고 우물거렸지.

나는 형님의 생생한 표정에서 치즈 맛을 읽어내려고 했지. 형님은 처음에는 뭔가 의아한 맛이라는 듯 눈살을 찌푸리더니 아직 입을 다시고 있는 아내를 빤히 쳐다보았어.

"기가 막힌데! 이렇게 맛있는 치즈는 생전 처음 먹어본다." 형님이 불쑥 말했어.

형님은 올해 예순두 살로, 하루가 멀다 하고 치즈를 먹어온 사람이기에 그 말이 사실이라면 나는 마음을 놓을 수 있지.

이제 사무실만 정리된다면.

"그래, 팔기는 많이 팔았고?" 형님이 물었어. 그러고는 치즈를 한 조각 더 잘랐어.

나는 체계를 완벽하게 갖추고 나면 비로소 판매를 시작할 거라고 대답했어.

"그럼 그 체계를 서둘러야겠다! 20톤을 맛보기로 보냈다면, 그쪽에서는 모르긴 몰라도 네가 일주일에 10톤은 팔아줄 거라고 기대하고 있을 테니까. 네가 전국 총판 대리인이라는 사실을 잊지 마라. 게다가 룩셈부르크 공국까지 맡고 있잖아? 내가 네 입장이라면, 과감하게 당장 달려들겠다." 형님의 조언이었어.

형님은 말이 끝나기가 무섭게 우리 가족, 그리고 치즈에게 나만 홀로 남겨두고는 집을 나갔지.

저녁에 나는, 호른스트라 씨에게 보낼 편지를 가프파 편지지에 타이핑하려고 판스혼베커 씨 집으로 갔어. 내 사무실에는 아직 타자기가 없지만, 그래도 치즈를 잘 받았다고 호른스트라 씨에게 전해야 했기 때문이지. 가는 김에 판스혼베커 씨에게 줄 에담 치즈도 반 개 가져갔어. 그는 성의 표시에 아주 민감한 사람이거든.

그는 치즈 맛을 보고 나서 다시 한번 내게 축하 인사를 건넸고, 치즈는 남겨두었다가 다음 모임에서 자기 친구들에게 내놓겠다고 말했어. 나만 좋다면, 다가오는 '벨기에 치즈 상인 협회' 회장 선거에서 내가 입후보하도록 신경 써주겠다고 하더군.

그래, 이제 시작이다.

12

나는 일주일 내내 중고 책상과 중고 타자기를 찾아 바삐 돌아다녔어. 장담컨대 구시가지의 그 고물상들을 들락날락하는 것은 그리 유쾌한 일이 아니야.

보통 그런 가게는 워낙 다양한 물건으로 꽉 차 있어서 밖에서는 내가 찾는 물건이 있는지 없는지 판별할 수 없고, 그래서 부득이 안에 들어가 물어볼 수밖에 없었지. 그런 자잘한 수고야 상관없다만, 내가 가게에 들어갔다가 그냥 빈손으로 나올 배짱이 없는 사람이라는 게 문제겠지. 카페에 들어가서 뭘 마시지 않고 그냥 나오지도 못하지.

그렇게 해서 처음에 나는 유리 물병과 주머니칼, 성 요셉 석고상을 사게 되었어. 주머니칼은 다소 꺼림칙하기는 했어도 쓸모가 있는 물건이지만, 유리 물병은 집에 가져갔다가 물의를 일으키고 말았지. 성 요셉 석고상은 골목 몇 개를 더 간 다음 아무도 보는 사람이 없을 때 어느 집 창턱에 올려놓고 줄행랑을 놓았어. 그 유리 물병 건 뒤로는 집에 더는 뭘 갖고

가지 않겠다고 맹세한 데다 언제까지 그 석고상을 들고 돌아다닐 수는 없지 않은가?

그래서 이제는 가게 문간에 선 채로 혹시 마자랭 책상이나 타자기가 있는지 물어보았어. 문손잡이를 붙잡고 있는 한 사실상 가게 안에 들어선 것은 아니기에 도덕적 의무감을 느끼지 않았지. 미안해서 물건을 사는 건 이제 할 만큼 했거든. 그런데 문이 닫히지 않으면 계속 딸랑딸랑 소리가 났고, 그 소리가 너무 길게 이어지면 나는 한탕 할까 말까 고민하는 도둑 같은 기분으로 문간에 서 있었어.

내가 완전히 마음 편하게 시내를 돌아다닐 수 없는 이유는 또 있지. 하머르가 내 진단서를 갖고 있기는 하지만, 중병을 앓는 사람이 집에 있지 상점가를 돌아다니겠나? 나는 조선소 사람들과 마주칠까봐 늘 노심초사했는데, 진짜 신경증 환자가 어떻게 행동하는지 아는 게 없기 때문이었어. 만약 내가 픽 쓰러지는 시늉을 하면 사람들은 내 얼굴에 물을 끼얹거나 코에다 암모니아수 냄새를 맡게 하거나, 아니면 의사나 약사에게 데려가겠지. 그러면 그들은 내가 다 꾸민 짓이라고 할 거야. 아니, 그건 사양하겠어. 차라리 회사 사람들 눈에 띄지 않는 편이 낫지. 그래서 나는 늘 주위를 잘 살폈고 뒤돌아가거나 골목으로 꺾어 들 태세를 갖추고 다녔지. 여러 가지 상황을 종합해볼 때 내 병가가 사람들의 입방아에 오르내리는 일 없이 무사히 흘러가는 것이 가장 바람직하지.

다른 한편으론 조선소가 어떻게 돌아가고 있는지 궁금하기도 했어.

지금은 오전 9시 15분. 내 사무실 동료 넷은 종아리를 난방 배관에 대고 서 있을 시간이지. 대포 하나씩을 맡은 포병들처럼 각자 앞에는 타자기가 한 대씩 놓여 있어. 넷 중 하나가 우스갯소리를 할 거야. 그래, 출근해서 처음 삼십 분은 유쾌하고 편안하지. 하머르는 몸을 녹이기 전에 장부부터 펼치고, 전화 교환양은 금발을 살살 쓸어내리고 있을 거야. 내가 회사를 떠나기 직전에 파마를 했거든. 덜덜거리는 공압 해머 소리가 조선소 작업장에서 우리 사무실 안까지 뚫고 들어오고, 창문 밖으로는 늘 바삐 움직이는 꼬마 기관차가 지나가지. 우리 다섯 사람은 창 쪽으로 고개를 돌려서 푸른색 작업복 셔츠 차림에 수건을 목에 두른 채 마부가 말에게 먹이를 주듯이 기관차에게 순무 같은 먹이를 느긋하게 주고 있는 피트 영감에게 창문 너머로 인사를 건네지. 그러면 피트 영감은 답례로 기적을 짧게 울려주지. 저 멀리 높은 굴뚝에서는 검은 깃발처럼 연기가 나부끼고 있어.

저 바보들은 저렇게 살고 있다네. 반면에 나는 비즈니스 세계라는 정글 속에서 내 손으로 열심히 길을 개척해나가고 있어.

찾는 자가 발견한다고 하지. 그 말을 나는 방금 경험했어. 드디어 적당한 책상을 찾았거든. 초록색 덮개에 좀이 슨 작은 구멍 몇 개가 있을 뿐이었어. 가격은 300프랑에, 새 책상이 아님에도 2000프랑짜리 책상과 맞먹는 값어치를 하겠지. 그러니 아내의 말이 옳았던 거야. 하지만 이 책상을 구하느라 다시 일주일이 후딱 지나갔고, 그사이 내 치즈들은 지하실 문이 열리기만을 고대하고 있어.

타자기 문제도 해결을 보았어. 타자기를 대여하는 방법이 있더군. 그렇게 해서 이튿날 집에 물건이 왔는데 마침 내게 친숙한 타자기였어. 30년 동안 내게 밥벌이를 하게 해준 타자기와 같은 회사인 언더우드사 제품이었으니까.

판매는 지난주 수요일에 개시되었는데, 어디냐 하면 판스혼베커 씨의 집에서였어. 그도 치즈가 불티나게 팔리는 것을 보고 무척 기뻐했지.

그의 친구들이 모두 자리를 잡고 앉자 그는 찬장을 열더니 반 개짜리 에담 치즈의 남은 부분을 탁자 위에 올려놓았어. 벌써 한 뭉텅이 잘라 먹었더군.

"우리 친구 라르만스 씨의 특산품 중 하나입니다." 판스혼베커 씨가 소개했어.

"죄송합니다만, 이건 가프파라고 하는 겁니다." 그 늙은 변호사가 바로잡아주었지. "맛을 좀 봐도 되겠습니까?"

그러더니 치즈 한 덩어리를 냉큼 자르고는 접시를 계속 돌렸어.

나는 가프파를 깍듯하게 대하는 이 남자에게 고마운 마음이 들었어. 사업이 잘되면 에담 치즈 하나를 선물해야겠다 싶었지.

잠시 후 우물우물 치즈를 씹는 오케스트라의 연주가 울려퍼졌고, 나는 그 어떤 치즈도 이 고지방 에담만큼 열렬한 찬사를 받지는 못했을 거라고 확신이 들더군. 사방에서 정말 맛있다, 굉장하다, 엄청나다, 하는 탄성이 터져 나왔고, 그 세련된 대머리 남자는 판스혼베커 씨에게 그 치즈를 어디서 구할 수 있는지 물었어.

그러니까 사람들이 이제 나한테 물어볼 엄두조차 못 낼 만큼 내 위신이 높아졌다는 거지.

"그건 라르만스 씨가 말씀해주실 겁니다" 하고 나의 친구는 치즈 한 조각을 입안에 쏙 넣으면서 답했어.

"당연하죠. 라르만스 씨만이 직접 알려주실 수 있죠." 다른 누군가가 말했어.

"라르만스 씨가 그런 사소한 일까지 개인적으로 신경 쓸 수 있다고 보십니까? 그건 이해가 되지요. 제가 만약 이 치즈를 사고 싶으면 가프파에 그냥 전화를 걸어보겠소만." 늙은 변호사의 말이었어.

"그리고 치즈 50그램만 집으로 배달해주시오, 하는 거지요." 옆에 있던 사람이 거들었어.

기왕 말이 나온 김에 나는 간단하게 설명했네. 가프파는 스물일곱 개들이 열두 상자 단위로만 판매하지만, 특별히 여기 계신 분들에게는 도매가에 낱개로 공급할 의향이 있다고 말이야.

"우리의 친구 라르만스를 위해 삼중 주문을!• 늙은 변호사가 외쳤지. 그러더니 다시 자기 잔을 깨끗이 비웠어.

이제 이들은 내 이름을 제대로 아는 거지.

나는 새 만년필을 꺼내 들고 주문을 받아 적었어. 다들 2킬로그램짜리 치즈 공 하나씩이었어. 자리가 파하고 함께 외투를 입고 있던 그 늙은 변호사는, 혹시 예외적으로 치즈 공 반 개만 주문할 수 있는지 물었어. 식구라고 해봤자 여동생과 하녀 한 명뿐이라는 거야. 그래서 그냥 그러겠다고 약속했다네. 왜냐하면 그가 '가프파'를 떠올려준 첫 번째 사람이니까.

누군가 가프파의 또 다른 특산품으로 어떤 것들이 있느냐

• '삼중 주문'은 빌럼 엘스호트의 소설 《장미 빌라》(1913)에 나오는 표현으로, 다음과 같은 문장이다. "삼중 주문은 세 번 반복되는 '주문'으로 구성되는데, 각각의 주문은 다섯 번 연속되는 손뼉 소리와 각 세트 마지막에 한 번의 손뼉을 더한다." 라르만스 씨는 마치 이 자리에 없는 사람처럼 세 번 연속으로 이름이 언급되었다.

며 묻더군.

"가프파가 치즈만 판매한다고 저더러 믿으라는 건 아니시
죠? 에이, 농담도 잘하십니다."

나는 치즈는 단지 부수적인 상품일 뿐이라고 그의 말에 끄
덕이면서 다른 품목은 당분간 상점들에만 공급한다고 덧붙
였다네.

13

시간이 돈이라는 사실을 이제야 비로소 실감하기 시작했
네. 치즈 공 일곱 개 반을 배달하는 데만 오전 나절이 다 지나
가버렸으니까 말이야.

나는 다락에서 에담 치즈 세 개는 들어가는 라탄 여행 가방
을 찾아내서 치즈를 손수 배달했어. 아이들은 방과 후에 해야
할 숙제가 많았기 때문이지. 그리고 아들 녀석은 가는 도중에
치즈 공으로 저글링을 할 수도 있지 않겠나?

그 여행 가방을 들고 지하실로 내려가는 모습을 아내가 봤
을 때 나는 도리 없이 이 상황을 설명할 수밖에 없었어. 되도
록 모든 일을 조용히 처리하려고 했었지. 아내의 눈에 우스꽝
스럽게 보일까봐 걱정스러웠거든. 아무튼 치즈 가방을 질질

끌고 다니는 게 사실 사장이라는 사람이 할 일은 아니라는 것, 그쯤은 나도 알아. 하지만 만 개나 되는 에담을 일일이 푸른모자 물류 회사를 시켜 집까지 배달할 수는 없지 않은가? 그 사람들이 그 일을 해주지도 않아. 하지만 아내는 당연히 그래야 한다고 생각하더군.

"시작은 그렇게 하는 거야. 또 그래야 그 사람들도 우리 치즈의 맛을 그나마 알게 된다고." 아내가 주장했어.

'우리'라는 그 말이 사람 기분을 좋게 하더군. 그러니까 아내도 이 일에 동참하고 있으며 일정 부분 책임감을 느끼고 있다는 것이지.

나는 그 사람들이 재주문하지 않기를 바랐네. 배달이라는 것이 만만치 않았기 때문이야.

우선 허구한 날 문간 아니면 창가에 서 있는 옆집의 페이테르스 부인을 무표정한 얼굴로 지나가야 했지. 그런 다음 전차를 타면, 치즈 가방이 걸리적거리지. 드디어 목적지에 도착해. 초인종을 누르면 하녀가 문을 열어주는데, 그러면 현관 복도에서 광주리를 들고 서 있는 거야. 내가 들고 있던 건 가방이라기보다는 광주리에 가까웠거든. 이제 치즈를 가져왔다고 말할 차례지. 그러면 하녀는 더러 그 시간에도 아직 침대 속에 있는 안주인에게 말을 전하러 가지. 여덟 집 중 두 집은 치즈 배달에 대해 깜깜한 상태였고, 그래서 내가 치즈값을 계산하지 않아도 된다고 말했기에 망정이지 그 무거운 치즈들을 내 손에서 털어내는 데 무진장 애를 먹었어.

이제 나는 사무실에 앉아 있어. 그 고달픈 배달도 끝났고 매일같이 와서 치즈 판매량과 재고량 수치를 물어보는 형님도 다녀갔지. 형님은 진정한 의사로서, 올 때마다 거듭해서 상처를 칼로 후벼 팠어.

나는 형님에게 판스혼베커 씨 집에서 팔린 치즈 이야기를 해주었어. 다들 맛있어했다는 말에 형님은 반가워하더군. 그런데 그러고 나서 잠깐 계산을 해보더니 이러지 않겠나.

"그건 네가 갖고 있는 치즈 만 개 중에서 일곱 개 반에 불과하다. 매주 그렇게 장사를 했다가는 30년은 지나야 다 팔 수 있어. 열심히 뛰어야 해! 열심히! 그러지 않으면 끝장이야."

하지만 그 치즈를 어떻게 다 파느냐? 그게 문제겠지.

가방에다 치즈를 몇 개 넣고 시내의 온 치즈 상점을 찾아가볼까 하는 생각도 잠시 했네. 그런데 그런 업무 체계라면 내 사무실은 덩그러니 비어 쓸데없어지지 않겠나? 업무 연락을 하거나 장부 정리를 하기 위해서라도 내가 반드시 사무실에 있어야겠다고 생각하네. 전화가 오면 응대를 해야 할 텐데, 그 일을 아내에게 맡길 수도 없는 노릇이지. 아내는 그게 아니라도 다른 할 일이 많은 사람이야.

아니야, 팔팔한 중개상들을 모집해서 치즈를 판매해야겠

어. 손바닥만 한 가게까지 뚫을 수 있고, 언변이 좋으며, 그리고 일주일에 한 번, 아니 두 번씩 고객에게 납품할 수 있는 사내들로 말이지. 그래, 일주일에 두 번이 좋겠군. 월요일과 목요일로 못을 박아놓아야겠어. 그러면 내가 처리할 일도 좀 분산되지 않겠나? 나는 이 모든 걸 체계적으로 기록하고, 창고에 공급을 지시하고, 계산서를 작성하고, 차질 없이 수금하고, 내 몫으로 5퍼센트를 뗀 뒤 잔액을 매주 호른스트라 씨에게 송금하는 거지. 그러면 내가 손으로 치즈를 만질 일은 없는 거지.

그리하여 이렇게 광고를 냈네.

에담 치즈 총수입상에서 벨기에 및 룩셈부르크 공국의 모든 도시에 거주하는 유능한 중개상을 구합니다. 치즈 상점 고객이 있는 사람 대환영. 다음 주소로 서신 연락 바람. '가프파, 페르뒤선 길 170, 안트베르펜'. 추천인과 과거 직장을 명기하기 바람.

결과는 예상대로였네.

이틀 뒤 거실 테이블 위에는 각양각색의 편지 백예순네 통이 놓여 있었어. 우편배달부는 편지를 우편함에 넣지 못해서 초인종을 눌러야 했지.

그러니까 나는 올바른 방향으로 가고 있다는 말이고, 적어도 타자기를 사용할 일은 생긴 것이지. 일단 편지를 전부 개봉해서 지역별로 분류했네.

나는 벨기에 지도를 한 장 사서 내가 중개상을 둔 도시마다 작은 깃발을 꽂아놓을 계획이야. 그러면 한눈에 쫙 파악할 수 있겠지. 그리고 판매량이 충분하지 않은 중개상은 내보내버릴 작정이야.

브뤼셀이 일흔 통으로 제일 많이 왔네. 안트베르펜이 그다음으로 서른두 통이었고, 나머지는 전국 곳곳에서 왔어. 다만 룩셈부르크에서는 한 통도 오지 않았는데, 어차피 거기는 부차적인 곳이니까.

편지를 모두 개봉해서 분류를 끝냈을 때, 너무 늦게 부친 편지 쉰 통이 더 도착했지. 일은 잘돼가고 있었어. 나는 브뤼셀부터 시작했네. 개중에는 자신의 인생사를 어린 시절부터 시시콜콜 다 적은 사람도 있었지. 병사 신분으로 대전*에 나가 전선 복무 훈장**을 일곱 줄 받았다는 말로 시작하는 사람들도 많았어. 그게 치즈 판매와 무슨 상관이 있는지는 모르

●　제1차 세계대전.

●●　벨기에 무공훈장의 일종. 제1차 세계대전에서 전선에 복무한 기간을 줄로 표시한다. 첫 번째 줄은 1년, 두 번째부터는 한 줄에 6개월을 나타낸다.

겠지만 말이야. 어떤 이들은 대가족을 부양해야 한다거나 온갖 고생을 했다며 나의 어린 가슴에 사정을 호소했지. 몇몇 편지는 읽는 데 눈물이 앞을 가리더군. 그 편지들은 아이들 눈에 띄지 않도록 특별히 따로 보관할 생각이야. 혹시 아이들이 보면 그 사람들을 뽑으라고 들볶을 테니까. 나는 두 눈을 질끈 감고 모질게 갈 수밖에 없네.

만약 내가 그 편지들에 일일이 답장을 쓴다면 그건 순전히 예의상 쓰는 것이지만, 그러면서 타자기를 칠 수 있는 기회이기도 하지. 편지를 보낸 이들 태반은 장사라고는 해본 적이 없거나 담배 장사를 예전에 했었다거나, 아니면 그냥 재미 삼아 써본 듯한 사람들이었거든. 반면 요건을 갖춘 사람들은 어투가 단호하고, 중개 수수료와 고정 급료에 관해 더 자세한 정보를 요구했지. 이런 사람들은 중개상 일을 맡아주는 호의를 내게 베풀지 말지 다시 고민해보고 싶어하는 듯했네.

나는 물론 이 사람들에게 고정 급료를 지급할 생각이 없네. 그러면 어떻게 해야 할까? 나는 고정 급료 없이 수수료 3퍼센트를 주기로 했어. 그러면 내게는 2퍼센트가 남고, 거기에 300길더의 월급이 더해지는 셈이지.

기분 좋게 언더우드 타자기 앞에 앉았을 때 초인종이 울렸어. 사무실까지 소리가 들렸지만 신경을 쓰지는 않았지. 사무실에 있을 때 누가 오면 내가 직접 문을 열어주는 일은 없거든. 조금 뒤 아내가 올라와 남자 세 명과 여자 한 명이 찾아와서 나를 봤으면 한다고 말해주었네. 손에 무슨 상자를 들고 왔다고 하면서 말이야.

"셔츠로 입고 넥타이를 매는 게 어때?" 하고 아내가 권했네.

누굴까? 편지를 쓰기보다는 직접 오는 것이 낫다고 판단한 중개상 지망자들이 아니면 누구겠나?

응접실 문을 열자 네 개의 손이 나를 향해 뻗어 왔네. 타월, 에르퓌르트, 바르테로터, 판데르타크 양, 나의 조선소 동료 직원들 네 명이었지.

나는 얼굴에서 피가 확 빠져나가는 느낌이 들었고, 아나 판데르타크 양이 의자를 밀어주며 앉으라고 권한 걸 보면 동료들은 분명 내 몸이 안 좋다는 인상을 받았을 거야.

"우선 무리하지 마세요. 우리는 금방 갈 거예요." 판데르타크 양이 잘라 말했네.

동료들은 회사에 황당한 말들이 돌고 있어서 내가 어떻게 지내는지 한번 찾아와보기로 했다고 했네.

타월은 점심시간에 와서 미안하다며 양해를 구했지만, 이 사람들이 하루 종일 시간이 없다는 건 나도 알고 있었어. 게다가 아픈 사람을 저녁에 방문할 수도 없지 않겠나?

동료들은 마냥 나를 살피면서 알 만하다는 눈빛을 서로 주고받더군.

사무실에는 요 몇 주 사이 변화가 많았다고 했네. 이제는 다들 창문을 보고 앉는 것이 아니라 등지고 앉고, 각자 압지 두루마리를 새로 받았으며, 하머르는 안경을 쓴다고 했지.

"안경 쓴 하머르의 모습을 상상해보게. 우스워 죽을 뻔했어." 에르퓌르트가 말했어.

동료들이 이런 이야기를 하는 도중에 형님이 집에 들어오는 소리가 들렸어. 형님은 여느 점심때와 마찬가지로 자전거를 벽에 기대 세운 다음 부엌을 향해 행진했지. 군인처럼 성큼성큼 걷는 발소리가 복도에 쿵쿵 울렸어.

형님은 순수한 열정에서 뱃사람처럼 우렁차게 외쳐대는 사람이기에 나는 형님이 오늘 치즈 장사가 어땠는지 먼발치에서부터 물어볼까봐 걱정했지. 그런데 필시 아내가 형님한테 조용히 하라며 손가락을 입에 갖다 대었던 게지. 조금 뒤에는 까치발로 철수하는 소리가 나직이 들려왔으니 말이야.

이어서 타윌은 회사 전 직원을 대신해 간단한 인사말을 전하더니 내가 펄펄 뛰는 생선처럼 건강한 모습으로 그들의 한가운데에 있는 예전의 내 자리로 얼른 복귀하기를 바란다고 말했네.

그러자 바르테로터가 느닷없이 엄숙한 몸짓으로 등 뒤에서 커다란 상자를 짠 내밀더니 열어보라면서 내 손에 건네주었어.

반짝반짝 윤이 나는 근사한 주사위 게임 상자였네. 흰 말과

검은 말이 열다섯 개씩, 가죽으로 된 다이스 컵 두 개와 주사
위 두 개가 들어 있었지. 겉면에는 이런 글귀가 새겨진 은색
판이 붙어 있었어.

우리의 동료

프란스 라르만스에게

종합 해양 조선 회사

직원 일동

1933년 2월 15일, 안트베르펜

동료들이 모금을 했는데, 심지어 꼬마 기관차의 피트 영감
까지 몇 푼 보탰다고 하더군.

그들은 마지막으로 내 손을 따뜻하게 잡아주고는 돌아갔어.

건강을 회복할 때까지 아내와 아이들이랑 주사위 놀이를
하라는 것이네.

아내는 아무것도 묻지 않았지. 지금은 근심 어린 얼굴로 식
사 준비를 하고 있어. 말 한마디라도 퉁명스럽게 던지면 눈물
을 보일 것 같은 느낌이야.

14

십사일 전 나는 전국에 걸쳐 중개상 서른 명을 고용했네. 고정 급료는 없지만 수수료를 넉넉히 주기로 했지. 그런데, 음, 주문이 하나도 들어오지 않더구먼. 그 작자들은 대체 무슨 일을 하고 있단 말인가? 그들에게선 편지조차 없는데, 형님은 그러거나 말거나 꿋꿋하게 판매량을 물어보았지.

나는 중개상들을 뽑을 때 장터에서 가축을 살 때처럼 첫인상을 볼 수밖에 없었네.

지망자들을 열 명 단위로 사무실에 불렀지. 한 팀은 좀 일찍, 다른 팀은 좀 늦게 불러서 경쟁자들끼리 부딪쳐 거북해지지 않게 말이야. 모름지기 굶주린 개들은 한 그릇으로 밥을 먹이면 안 되는 법이지.

이웃집 페이테르스 부인은 무척 바빴을 거야.

면접은 처음부터 끝까지 놀라움의 연속이었네.

멋지게 쓴 편지의 주인공이 만나보면 허접스러운 인간일 때가 더러 있었고, 그 반대이기도 했지. 덩치 큰 사람이나 왜소한 사람, 나이 든 사람이나 젊은 사람, 자식이 있거나 없는 사람, 옷차림이 세련되거나 후줄근한 사람, 애원하거나 협박하는 사람도 있었지. 어떤 이들은 집안이 부자라거나 전직 장관들과 친분이 있다는 얘기를 하기도 했네. 그렇게 신나서 떠

드는 작자들을 단 한마디 말로 걸레짝으로 만들어버릴 수 있
는 자리에 앉아 있자니 묘한 기분이 들더군.

어떤 이는 지금 배가 고프다며 중개상 일은 주지 않아도 좋
으니 치즈 공 하나만 주면 만족하겠다고 솔직히 털어놓기도
했어. 그 말에 나는 그만 가슴이 뭉클해져서 에담을 하나 줘
서 보낼 정도였지. 나중에 듣기로 이 친구는 나가면서 내 아
내에게 내가 신던 신발도 얻어 갔다고 하더군.

내 사무실이 너무 따뜻하다며 나갈 생각을 않는 이들도 여
럿 있었어. 여비도 주지 않고 사람을 안트베르펜까지 오게 한
것은 옳지 않다고 따지는 사람도 둘이나 있었지. 그 사람들에
겐 그냥 여비를 주고 말았어.

나는 그들이 보낸 편지지 위에 일일이 메모를 했네. 나쁨,
애매함, 좋음, 대머리, 음주, 지팡이를 갖고 다님 등등. 왜냐하
면 열 명쯤 면접을 하고 나니 처음 사람은 기억도 나지 않았
거든.

그래도 안트베르펜은 내가 직접 챙겨야 하지 않을지 다시
한번 진지하게 고민했네. 그러니까 이 도시에서만큼은 프란
스 라르만스가 가프파의 중개상이 되는 것이지. 하지만 내 사
무실이 혼자 덩그러니 있는 모습이 마음에 걸렸네. 전화를 걸
었는데 받는 사람조차 없다면 사람들이 가프파를 어떻게 생
각하겠는가?

그때 막내 처남이 와서 자기가 혹시 안트베르펜을 한번 맡아보면 안 되겠느냐고 물어보더군. 처남은 원래 다이아몬드 세공사인데 장기 불황으로 일거리가 없어 몇 개월째 집에서 놀고 있었어.

"피너 누님이 자형과 한번 상의해보라고 하셨습니다."

처남은 자신이 윗선의 비호를 받고 있다는 사실을 알고 있는 자가 공손함을 가장할 때의 태도로 말했지.

나는 부엌으로 그 '피너 누님'을 찾아가 그게 사실이냐고 물었네. 아내는 처남이 매일같이 그 치즈 문제로 들볶았다고 간단히 답하더군. 내 사무실에 도배를 할 것이냐 말 것이냐를 논할 때와는 달리 이번에는 언성이 높지 않았네.

"막내 처남에게 안트베르펜을 맡기라는 말인가, 아닌가?"

나는 아내를 응시하면서 다시 한번 사무적인 어조로 물었어.

그러자 아내는 뭐라는지 알 수 없는 말을 몇 마디 중얼거리더니 빨래 바구니를 들고 지하실로 가버리더군.

처남을 시험 삼아 써보는 것 말고 뭘 어쩔 수 있겠나? 하지만 제대로 일을 못 하면 제아무리 처남이라도 내보내야겠지. 물론 그리되면 최소한 치즈 공 하나는 통째로 날리는 거지.

나는 주문서 인쇄를 맡겼네. 세로줄로 칸을 나누어 주문 날짜, 구매자의 이름과 주소, 대략 2킬로그램짜리 치즈 스물일곱 개들이 상자 수, 킬로그램당 가격, 결제 기한을 표시했지.

주문서 한 장으로 주문은 열다섯 개를 할 수 있어. 시작하면서 중개상마다 주문서를 열 장씩 주었으니까 오 주는 너끈한 양이었지.

일은 되도록 간단하고 실용적으로 처리했네. 중개상들은 매주 월요일과 목요일에 주문서를 기입해서 우편으로 보내기만 하면 되었지. 나머지는 자동으로 처리되는 것이고.

그런데 주문서가 오는 꼴이 보이지 않길래 무엇이 문제인지 확인하고, 필요하면 조언과 지원을 할 생각으로 결국에는 브뤼셀의 두 중개상 누닌크스와 들라포르주를 찾아갔네. 그러니까 브뤼셀은 혼자서 바닥을 훑으며 영업을 하기엔 너무 큰 도시다 싶어서 동쪽과 서쪽으로 나누어 두 명에게 반씩 맡긴 거지.

전차를 타고 끝도 없이 달린 다음, 내가 알게 된 사실은 누닌크스가 건네준 주소는 완전히 엉뚱한 주소라는 것이었어. 그렇다면 그 작자는 대체 내 편지를 어떻게 받았을까? 편지가 반송되어 오지도 않았는데 말이야.

들라포르주는 전혀 다른 동네에 살고 있었는데, 내가 보기엔 다락방이었어. 위로 올라가는 계단이 없었으니까. 계단참에는 빨래가 널려 있고 청어구이 냄새가 났지. 한참 동안 방문을 두드린 끝에 마침내 들라포르주가 자고 일어나 퉁퉁 부은 눈을 하고 셔츠 차림으로 문을 열어주었어. 그는 나를 알아보지도 못했으며, 내가 누군지 설명하자 그 치즈 이야기에는 관심이 없다고 하더군. 그러고는 내 면전에서 문을 쾅 닫아버렸네.

나는 도무지 이해할 수가 없었네.

15

나는 근심 걱정에 휩싸여 판스혼베커 씨 집에서 매주 열리는 모임에 심드렁한 기분으로 참석했네. 그런데 이제 막 사람들 절반과 악수를 나눈 참이었는데 판스혼베커 씨는 내게 또다시 축하 인사를 하더군. 근거 없이 거듭되는 그 축하가 굴욕적으로 느껴졌고 바보가 되고 싶지 않기 때문에 나는 그를 떨떠름한 표정으로 쳐다보았네. 그런데 판스혼베커 씨는 손님들에게(고로 나에게도) 이렇게 말하며 새로운 소식을 알려왔어.

"우리의 친구 라르만스 씨가 벨기에 치즈 상인 협회 회장으로 뽑혔습니다. 라르만스 씨의 큰 성공을 위해 건배를 듭시다."

모두들 잔을 비웠네. 그게 뭐든 건수만 있으면 판스혼베커 씨의 와인으로 언제라도 건배를 들 준비가 되어 있는 사람들이거든.

"이 양반은 크게 출세할 겁니다." 금니의 그 남자가 말했지.

나는 아니라며 항변했네. 그거야 모임 좌장이 던진 썰렁한 농담에 지나지 않는 말이라서였지. 하지만 치즈 공을 반 개만 주문한 그 늙은 변호사가 말하기를, 나처럼 자수성가한 사람은 그런 겸손함 따위는 낡은 외투이니 벗어던져야 한다더군. "라르만스 씨, 치즈의 깃발을 높이 드시오!"

그 집을 나설 때 나는 판스혼베커 씨에게 왜 그런 농담을 했는지 물어보았지만, 그는 그게 실제로 결정된 사안이라고 계속 주장하며 내게 다정한 미소를 짓더군. 선의에 넘치는 태도였어.

"회장님이라!" 판스혼베커 씨는 경탄하듯이 힘주어 말했네. 그는 그 직함이 나 하나의 위신뿐만 아니라 간접적으로는 자신과 모든 친구의 위신까지 올려주었다고 생각하는 것이지. 나는 이 모임이 두 번째로 배출하는 회장이 되는 셈인데, 안트베르펜 곡물 수입상 연합회 회장이 첫 번째였지.

나는 어떤 부탁도 하지 않았고, 내가 회원이기는 해도 그 협회에 대해서 알지도 못하는 터여서 도무지 영문을 알 수가 없었어.

그에 대한 설명은 이튿날 아침 우편배달부가 치즈 상인 협회의 편지라는 형태로 가져다주었는데, 편지에는 내가 회장 대리로 선출되었다고 적혀 있더군. 대리라는 자리조차 내게 너무 과하다고 생각하네. 나는 대리 자리를 원하지 않아. 내가 원하는 것은 형님이 입을 좀 다물어주었으면 하는 것과 내 사무실이 잘 돌아가는 것과 내 중개상들이 물건을 많이 팔아주었으면 하는 것이지. 그리고 사람들이 내게 이래라저래라 참견하지 않는 것이야. 편지에는 내가 선출된 이유도 적혀 있었네. 3년 전에 치즈의 수입관세, 즉 상품 가격에 따라 매기는 종가세가 10퍼센트에서 20퍼센트로 올랐는데, 전임 회장의 주도하에 이 세율을 다시 10퍼센트로 낮추려고 그동안 전력을 다했으나 허사였다고 하네. 이번 주 금요일, 그러니까 내일, 상무부에 면담이 예정되어 있는데 내가 협회 대표단을 인솔해줬으면 한다고 적혀 있었어.

편지를 읽고 나는 극도의 불안에 빠졌네. 왜냐하면 이런 단체의 회장 이름은 언론에 오르내리기가 쉽지 않겠나? 그 정도는 나도 알고 있네. 어쨌든 피할 수 없는 일이지. 그런데 나는 조만간 하머르를 비롯해서 조선소 전 직원이, 내 사진이 벨기에 치즈 상인 대표로 실린 신문 주변에 우르르 몰려드는 광경은 죽어도 보고 싶지 않아. 그건 안 되지. 그런 상황에 노출되고 싶지는 않네.

나는 내일 다시 브뤼셀로 가서 그 자리를 맡기에는 내 건강이 허락하지 않는다고 그 사람들한테 말할 작정이야. 만약 그 사람들이 내 말을 듣지 않는다면 나는 협회를 탈퇴할 것이고,

그러면 협회는 숨통이 막히겠지. 판스혼베커 씨한테는 미안한 일이지만 나로서는 어쩔 수가 없네.

나는 브뤼셀의 팔라스 호텔에서 치즈 협회 간부 네 명을 만났네. 브뤼셀에서 온 헬레만스 씨, 리에주에서 온 뒤피뢰 씨, 브뤼허에서 온 브뤼앙 씨, 그리고 네 번째는 헨트에서 온 아무개라고 자신들을 소개했는데, 이 네 번째 남자의 이름은 제대로 알아듣지 못했어. 우리는 인사를 나누자마자 바로 시간이 되어 자리에서 일어나야만 했지.

"신사분들, 죄송합니다만, 저는 회장 대리직을 맡을 수 없습니다. 다른 분을 찾아보십시오. 그러면 정말 감사하겠습니다." 나는 애원하다시피 말했네.

그러나 그 사람들은 뜻을 굽히지 않았고, 그렇다고 우리는 돌아갈 수도 없는 상황이었어. 왜냐하면 10시에 상무부 실장이, 아니 어쩌면 상무부 장관이 직접 우리를 기다리고 있었고, 우리 다섯 명의 명단은 이미 상무부에 제출된 상태였거든. 협회 사람들은 내가 이 자리를 거부하리라고는 예상하지 못했더군. 아니, 그 반대였지. 내가 그 자리에 안달복달한다고 안트베르펜의 그 변호사가 말했다는 거야. 올 것이 온 거지. 나의 친구라는 그 끔찍한 변호사 양반이 내가 출세하기를 바라며 일을 벌인 것이네.

뒤피뢰 씨가 초조한 기색으로 말하더군.

"제 말 좀 들어보십시오. 만약 회장 자리를 관두고 싶으시다면 상무부와의 교섭 자리만이라도 함께해주시지요. 한 시간 뒤에는 회장 역할이 끝나는 겁니다."

나는 결국 그 조건을 받아들이고 함께 길을 나섰네.

한동안 우리는 양조업자 대표단과 함께 대기실에 앉아 있었는데, 비서가 나타나 치즈 협회를 소리쳐 부르더니 우리를 상무부 실장 더로벤데험 더포텔스베르허 씨의 집무실로 안내했으며, 상무부 실장은 우리에게 정중하게 인사한 다음 자기 책상 앞에 놓인 의자 다섯 개를 가리켰네.

"앉으시지요, 회장님." 헬레만스 씨가 내게 말했네. 그리고 내가 의자에 앉자 나머지 사람들도 따라 앉았지.

실장은 안경을 고쳐 쓰더니 서류 더미에서 특정 서류 한 장을 골라내 잠시 훑어보았어. 한숨에 다 읽는 걸 보니 핵심 내용을 이미 파악하고 있다는 생각이 들더군. 그는 마치 불가능한 임무를 앞에 두고 있다는 듯 고개를 연신 절레절레 흔들고 어깨를 추켜올렸네. 마침내 의자에 등을 깊숙이 기대더니 우리를 응시했어. 특히 나를.

"신사 여러분, 송구한 말씀이지만 올해는 힘들겠습니다. 국내 치즈 생산업자들이 의회의 대정부 질의와 언론을 동원해 격렬하게 반발한다는 점은 말할 것도 없고, 적절치 않은 시점에 국가 예산에 구멍이 뚫릴 수 있습니다. 하지만 내년에 가서 한번 보겠습니다." 실장이 입장을 밝혔지. 그때 그의 전화기가 울렸네.

"비둘기 사육업자들은 내가 치즈 사업자들과 얘기를 끝낼 때까지 기다리라고 해." 실장은 호통을 치더니 전화를 끊었어.

그는 달래듯이 말을 이어갔네.

"하지만 이건 약속드리죠. 혹시 우리나라 치즈 생산업자들이 일주일쯤 뒤에 10퍼센트 인상을 주장하러 온다고 해도 꿈쩍하지 않겠다고 말입니다." 그러더니 그는 손목시계로 시간을 확인하더군.

나의 네 참모가 내 쪽을 쳐다보았고, 내가 아무 말도 하지 않자 뒤피뢰 씨가 응수했는데, 면담을 할 때마다 똑같은 말을 들었기 때문에 그 점은 오래전부터 알고 있다고 했지. 그런 다음 국산 치즈와 외국산 치즈 종류를 놓고 나는 도무지 이해하지 못할 통계자료를 들먹여가며 토론이 혼란스럽게 이어졌어. 네 사람의 목소리는 하나의 왱왱거림으로 녹아들더니 내게서 시나브로 멀어지는 듯했지. 그러다 마침내 내가 다시 몇 발짝 돌아와보니 입에 거품을 물고 주장을 펼치는 그 네 명의 남자가 저 밑으로 내려다보였어. 치즈에 인생을 바친 늙수그레한 헬레만스, 혈색 좋은 얼굴에 굵직한 금 목걸이를 배까지 늘어뜨린 비대한 몸집의 사내 브뤼앙, 성마르고 왜소한 뒤피뢰, 그리고 마지막으로, 부스럼투성이 손에, 한마디도 놓치지 않겠다는 듯 몸을 쑥 내밀어 팔꿈치를 무릎에 괴고 있는, 헨트에서 온 그 남자가 거기 앉아 있었지. 넷 다 치즈 세계에서는 신망이 있고 자신의 역사와 전통이 있으며 권위와 돈까지 있는 사람들이었어. 그리고 그들 사이에, 치즈에 대해서는 화학제품만큼도 알지 못하며 근본도 없는 프란스 라르만스가 끼어 있었지. 저 징그러운 치즈벌레들은 보잘것없는 이 남자에게서 뭘 보고 있을까? 그때 갑자기 내 의자가 저절로 뒤로 밀리더군. 나는 벌떡 일어나서 치즈밖에 모르는 얼간이 네 명에게 성난 눈빛으로 고함을 질렀지. 지겨워 죽겠으니 그만하라고.

그들은 마치 정신착란으로 최초 발작하는 모습을 목격한 사람들처럼 어리둥절한 표정으로 나를 빤히 쳐다보았지.

더로벤데험 더포텔스베르허 실장의 얼굴이 하얗게 질리는 모습이 보이더군. 그는 표정을 가다듬고 책상을 빙 돌아 후다닥 내게로 다가오더니 그 흰 손으로 허물없이 내 팔을 잡았네.

"자, 자, 라르만스 씨." 실장이 나를 진정시켰어. "제 말은 그런 뜻이 아니었습니다. 5퍼센트만 인하하고 나머지 5퍼센트는 내년에 인하하는 건 어떻습니까? 이제 조금만 양보해주십시오. 단숨에 다 인하하는 건 아무래도 감당하기 어렵습니다."

"동의합니다." 헨트에서 온 남자가 말했네. 그리고 잠시 후 나는 환한 표정의 치즈업자 동료들에 둘러싸여 보도에 서 있었지. 넷 다 동시에 내 손을 잡고 흔들었네.

"라르만스 씨……." 뒤피뢰 씨는 감격에 차서 우물우물거렸어. "고맙습니다. 이렇게 되리라고는 꿈도 꾸지 못했습니다. 정말 대단하십니다."

"그럼 이제 내 회장 임기는 완전히 끝난 거죠. 안 그렇습니까?"

"물론이죠." 브뤼앙 씨가 나를 안심시켰어. "편할 대로 하십시오."

*

16

암스테르담에서 편지 한 통이 왔네. 호른스트라 씨가 화요일에 파리로 갈 일이 있는데, 가는 길에 벨기에에 들러 치즈 20톤에 대한 대금 정산을 하고 싶다는 내용이었어. 11시에 여기에 도착한다는군.

수치심일까, 아니면 분노일까? 이유는 모르겠지만, 그 편지를 읽는데 얼굴이 시뻘게졌어. 나는 이제 빠진 것 없이 다 갖춘 사무실에 혼자 앉아 있어서 남의 눈에 뜨일 일은 없지만 말이야.

아내는 몰랐으면 해서 편지는 주머니에 찔러 넣었어. 아내가 알게 되는 날이면 틀림없이 형님 귀에도 들어가겠지. 어쨌든 이제 한 가지는 분명해졌네. 닷새 안에 매상을 올리지 않으면 가프파는 침몰할 것이네. 실제로는 나흘밖에 남지 않았지. 사업가는 일요일을 계산에 넣지 않으니까.

나는 비통한 심정으로 다락에서 라탄 가방을 도로 꺼낸 다음, 치즈 하나를 집어넣었네. 아무럼 아내는 내 친구들이 두 번째 주문을 했을 거라고 짐작하겠지.

자, 가자, 프랑스! 책상머리나 지키며 지껄이는 헛소리는 이제 끝이야. 직접 발로 뛰어야 해. 지금 네가 믿을 건 너의 입과 고지방 치즈의 품질뿐이라고.

나는 어디로 가야 할지 정확히 알고 있네. 어디라도 치즈를 판매하는 곳이 있다면 거기가 바로 내가 가야 할 곳이지.

그런데 뭐라고 이야기하나? 혹시 치즈를 좀 살 생각이 없는지 무턱대고 물어봐야 하나?

나는 이제야 내가 얼마나 경험이 부족한지 깨닫고 있네. 지금껏 나는 양말 한 짝 팔아본 적이 없거든. 그런데 난데없이 치즈라니. 황당한 일이지. 하지만 내가 마주한 문제는 일상적인 것이야. 수백만 명의 사업가가 매일 하는 일이 뭐겠나? 그 사람들도 다 하는 일 아닌가?

증정받은 《르 수아르》지가 아직 내 마자랭 책상 위에 놓여 있네. 내가 낸 광고를 다시 한번 감상해볼까 하고 신문을 펼쳤어. 광고는, 나도 일하고 싶어 지원하고 싶은 마음이 생길 정도로 근사해 보였네.

그러다 내 광고 바로 밑에 삽입된 조그만 광고에 나도 모르게 시선이 가닿았지.

> 판매에 어려움을 겪는 거래상과 중개상분들께 서면 및 구두 조언을 해드립니다. 다년간 경험 보유. 보르만, 브라스하트,● 장미 빌라.●●

브라스하트는 이 근처에 있는 도시야. 사실 결정적인 발걸음을 과감하게 내딛기 전에 이 남자에게 조언을 구하면 안될 이유는 없지 않겠나?

그래서 그렇게 했지. 돌팔이 의사라도 찾아가보고 싶은 환자처럼 말이야.

내 순서가 올 때까지는 기다려야 했네.

보르만 씨는 큰 얼굴에 형형한 눈빛을 한 정정한 노신사였어. 창을 등지고 앉아 손님에게 환한 햇빛이 쏟아졌지.

그는 중간에 말을 끊지 않고 내 가프파 이야기를 다 듣고나더니 내게 중요한 것은 두 가지라고 하더군. 내가 어떤 모

● 벨기에 안트베르펜주의 도시.
●● 빌럼 엘스호트가 1913년에 발표한 첫 소설의 제목이기도 하다.

습으로 상점의 문을 열고 들어가느냐, 그리고 무슨 말을 할 것이냐.

"뭐니 뭐니 해도 어떻게 문을 열고 들어가느냐의 문제지요. 뭔가를 갖고 온 사람처럼 들어갈 수도 있고, 뭔가를 부탁하러 온 사람처럼 들어갈 수도 있어요. 사업가냐, 아니면 거지냐 하는 인상을 줄 수도 있지요. 거지 같은 인상에는 옷차림보다 태도나 목소리 톤이 더 크게 영향을 끼칩니다." 보르만 씨가 말했지.

"그러니까 무심하게 들어가는 겁니다. 입에 시가를 물고 들어가는 것도 괜찮죠. 그런 다음 가방을 내려놓으세요. 마치 안에 뭔가가 든 것처럼. 하지만 치즈가 들어 있다고 짐작은 하지 못하도록 말입니다. 그러고는 잠시 실례하는 영광을 가져도 되겠느냐고 물어봅니다.

상점 주인은 당연히 그러라고 할 겁니다. 설령 당신이 그 영광을 못 가진다 해도 주인은 그 영광을 지니고 있으니까요.

자리에 앉습니다. 그런 말이 없더라도 상황을 봐서 그렇게 하세요.

'사장님, 우리가 특별히 암스테르담에서 여기까지 온 것은 사장님 가게를 면밀히 조사한 끝에 우리의 고지방 가프파 치즈에 대한 안트베르펜 독점 판매권을 사장님께 드리기 위해서입니다.'

이때 '우리'라는 말은 사실 가프파의 공식 위원 전원이 이곳으로 출동했다는 의미입니다. 나머지 위원들은 아직 호텔에 있는 것이지요. 어젯밤 여기 도착한 후 거나하게 한잔했으니까요.

'특별히 암스테르담에서' 왔다는 말에 상점 주인의 마음은 약해지겠지요. 자기가 치즈를 사지 않으면 위원회는 빈손으로 돌아가야 합니다. 게다가 자기 상점에 대한 신뢰도 흔들리지요. 상점 주인은 거기에 민감할 수밖에 없어요. '사장님 가게를 면밀히 조사했다'는 말 속에는, 안트베르펜 전역을 샅샅이 훑었는데 유일하게 그 상점만 기준을 통과했다는 의미가 담겨 있으니까요.

그리고 굳이 '우리'의 고지방 치즈라고 말하는 것은 '우리'의 배후에 네덜란드 전 치즈 산업이 딱 버티고 있다는 의미입니다."

보르만 씨는 내게 실전 강의를 더 해줄 준비가 되어 있었지만 나는 그럴 시간이 없었어. 호른스트라 씨가 곧 들이닥칠 예정이기 때문이지.

보르만 씨를 찾아간 것은 내게 마지막으로 주어진 유예 처분이었네. 이제 나는 누구의 도움도 없이 오직 혼자서 치즈 괴물을 상대해야 했어. 나는 가방을 들고 페이테르스 부인의 눈에 띄지 않게 부인의 집을 지나 전차를 타고 그 치즈 상점으로 향했네. 진열창이 멋지고 냄새가 지독하던 그 상점 말이야.

우선은 진열창 앞에 한동안 서 있었고, 그러다 갖가지 치즈 중에 에담 치즈가 있는지 찾아보았네. 역시 에담도 하나 있더군. 한가운데가 절단된 채였어. 물론 나의 고지방 치즈에는 미치지 못했지. 그건 한눈에 알아볼 수 있었네.

상점 안에서는 그날 저녁과 마찬가지로 악취가 풍겨 나오고 있었어. 그런데 이상한 점은 내가 이 분야에 몸담은 지 시간이 좀 지났음에도 암스테르담에서 돌아오던 그때보다 지금이 더 악취를 견디기 힘들었다는 거야. 비위가 약해진 것일까? 아니면 그냥 기분 탓일까?

그 상점은 장사가 잘되는 듯했네. 그건 확실했어.

안에는 손님이 여섯이나 있었고, 여점원들은 치즈를 자르고 포장하고 또 진열하느라 여념이 없었지. "뭘 드릴까요, 부인?" 하고 묻는 소리가 연거푸 밖에까지 들려왔네.

하지만 나는 상점 안에 손님들이 있는 한 안으로 밀고 들어갈 수는 없었어. 내 고지방 치즈에 대해 설명하자면 연설이 될 것이 뻔한데 그동안 장사를 멈추게 할 수는 없지 않겠나? 내가 즉시 용건을 꺼내지 않으면, 아마도 내게 "뭘 드릴까요, 손님?" 하고 물을 거야. 그리되면 서로의 역할이 뒤바뀌고 마는 것이지.

상점의 분주함은 이제 좀 가라앉았네. 손님은 이제 부인 한 명밖에 남지 않았어.

지금 아니면 답이 없다!

그런데 여점원 중에 아무 할 일이 없는 둘이 나를 빤히 보더니 자기들끼리 뭐라고 쑥덕거리면서 키득거리기 시작했어. 제일 나이 든 아가씨는 거울에 비친 제 모습을 흘낏 보며 앞치마를 매만져 펴는 시늉을 하더군. 설마 내가 자기들에게 구애라도 하려고 여기 서 있는 줄 아는 것일까?

나는 손목시계를 보며 그들에게서 등을 돌렸고, 잠시 기다렸다가 몇 발 앞에 있는 카페 '바스 타베른'까지 걸어갔네.

그리고 그 카페로 들어갔지. 한 경찰관이 나를 이미 여러 차례 주시하고 있었거든. 그리고 페일 에일 맥주를 주문했네. 한 번에 쭉 비운 뒤 한 잔 더 시켰어.

우선 시도도 해보지 않고 이대로 집으로 돌아가는 것은 절대 있을 수 없는 일이지. 난 자책감에 시달리고 싶지 않거든. 떳떳한 양심은 그 자체로 가치가 있는 법이야. 그렇다면 내가 저 네 년에게 쫓겨났다는 말은 하지 않게 되겠지.

두 번째 잔도 비웠네. 나는 내 라탄 가방에 흘낏 눈길을 던졌다가 얼른 집어 들고는 치즈 상점 쪽으로 달려갔지. 돌격.

진열창을 스쳐 지나가면서 나는 잠깐 눈을 감았네. 가게 안에 손님이 얼마나 있는지 보지 않기 위해서였어. 수백 명이 북적거리더라도 나는 안으로 밀고 들어갈 것이고, 해야 할 말을 할 수 있는 기회가 올 때까지 기다릴 것이야. 정 안 되면 그동안 내 가방에 걸터앉아 있는 거지. 이제 나는 부끄러운 게 없으니까.

가게는 텅 비어 있었어. 흰 앞치마를 두른 아가씨 넷만 계산대 뒤에 서 있었지.

넷 중 누구에게 말을 걸어야 할까? 이 사람 저 사람 다 눈을 마주치는 것은 바람직하지 않아. 넷이 동시에 대답하면 나는 당황해서 말을 버벅거릴 수도 있기 때문이지.

그래서 나는 아까 거울을 보며 교태를 부리던 제일 나이든 아가씨를 향해 말했어. 내가 특별히 암스테르담에서 여기까지 온 것은 우리의 고지방 가프파 치즈에 대한 안트베르펜 독점 판매권을 플라턴 씨에게 제공하기 위해서라고. 경쟁업체보다 낮은 가격으로 말이야.

'플라턴'이라는 이름은 진열창 유리에 적혀 있었지. 나는 그걸 놓치지 않았네.

그런데 내가 말하는 문장이 완성되어갈수록 여점원의 입이 시나브로 벌어지더니 마침내 내 말이 끝에 다다르자 그녀가 묻더군.

"뭐라고 하셨나요?"

이상한 일이지만, 뭔가를 팔러 온 사람은 이렇듯 세상의 이해를 받지 못하는 거야.

그래서 나는 혹시 플라턴 씨를 잠깐 불러줄 수 있는지 물었네. 이 사인조 여자들하고는 계속 말해봤자 소용없을 듯해서였어. 게다가 손님 셋이 동시에 들어왔고, 곧이어 두 사람이 더 들어왔어. 그리고 다시 시작됐지. "뭘 드릴까요, 부인?"

이렇게 해서 나는 커다란 버터 덩어리들과 계란이 가득 든 바구니와 통조림 더미 한가운데에 방치되었네.

그래, 손님이 우선이지. 어쩔 도리가 없지 않나?

금전등록기 소리가 연신 딸랑거리고 "감사합니다, 부인!" 하는 말이 가게 안에 울려 퍼졌어.

나는 다짜고짜 혹시 플라턴 씨가 계시는지 물었고, 그러자 가게 뒤편에 사장님 사무실이 있으니 직접 가보라는 허락이 떨어졌네.

버터 덩어리들 옆을 조심조심 스쳐 지나서 유리문으로 안을 엿보았지. 그렇지. 거기에 누가 앉아 있더군. 노크를 하자 플라턴 씨가(그 사람이 플라턴 씨였지) 소리쳤네. "들어오시오."

그의 사무실은 내 것과는 비교가 되지 않았네. 반은 사무실이고, 반은 응접실이었어. 심지어 가스풍로까지 있었지. 이런 데서 어떻게 일을 할 수 있는지 선뜻 이해가 가지 않았어. 이게 정말 사업가가 일하는 환경일까? 그렇지만 서류가 여기저기 쌓여 있었고, 그는 무척 바쁜 듯 보였네. 그는 와이셔츠나 넥타이도 없이 티셔츠 바람으로 누군가와 통화를 하고 있었어.

그는 통화를 끊지 않은 채 무슨 일이냐고 내게 눈짓으로 물었네. 나는 계속 통화를 하라고 손짓했고, 그러자 그는 내가 찾아온 목적을 묻더군. 시내에 가야 해서 시간이 없다는 거야.

나는 가게에서 했던 말을 반복했지. 느긋하게, 그리고 짐짓 차분한 태도와 목소리로. 다리도 꼬고 있었어.

플라턴 씨는 나를 빤히 바라보면서 "5톤!" 하고 말했네.

나는 말문이 막힐 정도로 놀라 만년필을 꺼내 들었는데, 그가 전화기에 대고 거듭 같은 말을 할 때였지.

"킬로당 14프랑 가격으로 5톤을 공급할 수 있소."

그는 전화를 끊고 자리에서 일어나더니 와이셔츠를 입기 시작했네.

"누구의 대리인으로 일하시오?"

플라턴 씨의 물음에 나는 '호른스트라'라는 이름을 댔네.

"나도 치즈 도매업을 하는 사람이오. 호른스트라 씨는 잘 알죠. 몇 년간 벨기에와 룩셈부르크 공국에서 그 사람의 대리인으로 물건을 팔았소. 그런데 결국 내겐 너무 비쌉디다. 보시오, 그러니 시간 낭비는 그만합시다."

그러니까 플라턴 씨도 룩셈부르크를 덤으로 받았던 거지.

"같이 나가겠소? 시내로 가시면, 제 차를 타셔도 됩니다." 그가 권하기까지 했네.

나는 그렇게 했지. 그 아가씨 네 명의 눈을 피해 가게를 빠져나갈 수 있는 최상의 방법이라는 이유만으로.

나는 플라턴 씨가 조그만 치즈 가게 앞에 차를 세우고 내릴 때까지 계속 차에 앉아 있었네. 설령 그가 베를린까지 간다고 했어도 나는 동행했을 거야.

나는 그에게 고맙다고 인사한 뒤 라탄 가방을 챙겨 들고, 집으로 가는 전차를 탔네.

내 안의 배터리는 다 방전되었지. 몸에서는 피가 다 빠져나가 기진맥진한 상태였네.

17

그래도 집에서는 뜻밖의 일이 나를 기다리고 있었네. 얀이 학교에서 돌아와 치즈를 팔았다고 떠들지 뭔가.

"한 상자 통째로요" 하고 얀이 주장했네.

그런데 내가 아무 말도 못 들었다는 듯이 신문을 집어 들자 얀은 전화기로 가더니 다이얼을 돌려 반 친구 하나와 통화하기 시작하더군. 처음에는 영어로 실없는 소리나 나누더니 곧 그 친구한테 자기 아버지를 전화기로 불러오라고 부탁하는 소리가 들렸네.

"빨리 안 부르면 내일 내 왼 주먹 어퍼컷을 맛보게 될 거야!"

곧이어 얀이 소리쳤어. "아빠, 아빠!"

얀의 말이 맞았네.

전화선 저쪽에서 얼굴도 모르는 상냥한 남자가 얀의 아버지와 이렇게 인사하게 되어 반갑다고 하면서 치즈 스물일곱 개들이 상자 하나를 보내달라고 하더군.

"큰아버지, 제가 치즈 한 상자를 팔았어요!" 형님이 집에 왔을 때 얀이 자랑했지.

"녀석, 잘했어. 하지만 너는 딴것보다 그리스어와 라틴어를 열심히 공부해야지. 치즈는 네 아버지한테 맡기고."

나는 얀의 친구 아버지를 기분 좋게 해줄 요량으로 치즈 상자를 배달해주었어. 택시를 잡아타고 직접 가져다주었지.

저녁에 얀과 이다는 말다툼을 벌였네.

얀은 동생이 아직 치즈를 하나도 못 팔았다고 놀렸던 거지. 얀은 도, 솔, 미, 도 음계에 맞춰 "치즈, 치즈, 치즈, 치즈" 하고 노래를 불러댔고, 이다가 참다 참다 오빠에게 달려들자 오빠는 긴 팔을 이용해 동생이 걷어차지 못하도록 간격을 유지했지. 끝내 이다는 눈물을 터뜨리며 이렇게 고백했네. 친구들이 자기를 '치즈 장수'라고 부르는 탓에 학교에서 더는 치즈 이야기를 꺼낼 용기가 나지 않는다고 말이야.

그러니까 이다도 애를 썼던 거야.

나는 얀을 정원으로 내보내놓고 딸아이에게 입을 맞추어주
었어.

18

나는 일이 손에 잡히지 않았고, 며칠간을 꿈속처럼 몽롱하
게 살았네. 이러다 정말 병이라도 나는 건 아니겠지?

판스혼베커 씨가 들먹인 적이 있는, 공증인 판데르제이펀
씨의 그 아들이 방금 나를 찾아왔어.

나이가 스물다섯 살쯤 되고 눈에 확 띄는 젊은이였는데, 담
배 냄새를 심하게 풍기며 일분일초도 가만히 서 있거나 앉아
있지 못하고 박자에 맞춰 발을 까닥거리더군.

"라르만스 씨, 알베르트 판스혼베커 씨의 친구분이시니 젠
틀맨일 거라고 생각하고요. 제 말은 비밀에 부쳐주실 거라 믿
습니다."

이러는데 내가 뭐라고 대꾸하겠는가? 특히 내 기분이 지금
이 모양인데 말이야. 그래서 그저 고개만 끄덕였지.

"제 아버지는 사장님의 가프파사에 출자할 준비가 되어 있
습니다. 제 생각에 아버지한테서 20만 장 정도는 뽑아낼 수
있다고 봅니다. 어쩌면 그 이상도 가능하고요."

그는 잠시 말을 멈추고 내게 담배 한 개비를 건넸고, 자기도 입에 한 대 물고는 나를 쳐다보았네. 자신의 서론을 내가 어떻게 받아들이고 있는지 확인하려는 눈치였어.

"계속하시죠." 나는 냉담한 말투로 청했네. 돈을 몇 '장'이니 '뽑아낸다'느니 하는 표현이 거슬려서 말이야.

"예, 계속하는 거야 아주 간단하죠." 그가 건방지게 말했어. "그러면 저는 사장님과 수익을 1 대 3이나 3 대 1로 나누고 나누고 월급 4000프랑을 받는 동업자가 되는 겁니다. 사장님 역시 매달 4000프랑을 가져가시고요. 당연히 그래야죠. 그런데 저는 장사에는 소질이 전혀 없고 여기서 시간을 죽일 생각도 없어요. 그래서 제안을 하나 하겠습니다. 저한테 매달 3000프랑만 주시면 4000프랑을 받았다는 영수증을 끊어드리죠. 제가 이 사무실 문턱을 넘지 않아도 된다는 조건입니다. 월급을 받으러 올 때도요. 돈을 어디로 보내실지는 따로 알려드리죠. 그 20만 프랑으로 우리 두 사람은 어쨌거나 2년은 버틸 것이고, 돈이 바닥나면 어떻게 할지는 그때 가서 생각해보도록 하죠. 어쩌면 자본 증자를 하기로 결정할 수도 있지 않겠습니까? 제 수익에 대한 몫은 사장님께 선물로 드리죠. 군침이 도는 제안 아닌가요?"

나는 제안을 심사숙고한 다음, 판스혼베커 씨를 통해 소식을 주겠다고 대답했네.

그가 가고 나서 나는 현지 중개상들의 치즈 영역이 작은 깃발로 표시되어 축제처럼 나부끼는 벨기에 지도를 벽에서 떼어내 치워버렸어.

중개상들에게 다시 한번 편지를 보내볼까?

자, 자, 잊어버리자! 이제 이 치즈 재앙을 끝낼 때가 되었어!

내게는 위 여백에 '가프파'라고 인쇄된 편지지가 천 장 있었지. 나는 그 부분을 죄다 잘라내버렸어. 남은 부분은 얀과 이다가 쓰면 될 거야. 잘라낸 부분은 변기에 넣었지.

그다음 나는 지하실로 내려갔네.

상자에는 아직 에담 치즈 열다섯 개 반이 남아 있었어. 다시 계산해보면, 치즈 한 개는 세관 직원과 창고 직원, 두 번째 치즈는 판스혼베커 씨와 우리 가족이 반반씩, 일곱 개 반은 판스혼베커 씨의 친구들에게 갔고, 한 개는 그 거지 중개상에게, 한 개는 처남에게 주었어. 스물일곱 개 빼기 열한 개 반. 맞구면. 나의 이런 꼼꼼함에는 호른스트라 씨도 뭐라 할 말이 없을 거야.

그런데 반만 남은 치즈를 보니 진저리가 나더군. 대체 그 늙은 변호사 양반은 왜 반만 샀는지? 나는 치즈 반 개를 손에 들고 어찌할 줄 모르고 서 있었네. 온전한 치즈 하나는 되돌려줄 수 있지만 반 개는 그럴 수가 없지 않나. 그렇다고 버린다면 죄받을 짓이고.

아내가 계단을 올라가는 소리가 들렸네. 침구를 정리하러 가는 것이겠지. 나는 아내가 다 올라갈 때까지 기다렸다가 살금살금 부엌으로 들어가서 붉은색의 반달 치즈를 찬장 속 접시 위에 올려놓았어. 마르지 않도록 둥근 부분이 위로 가게 해서. 그런 다음 다시 지하실로 내려가 치즈 개수를 한 번 더 확인해보고는 상자에다 못질을 했네. 아내가 위층에서 놀라지 않도록 조심조심 망치질을 했지. 내가 목매달려는 거라고 생각할 수도 있으니까.

자, 무사히 끝났다. 이제 나는 사무실로 올라가 전화로 택시를 불렀고, 얼마 뒤 택시가 문 앞에 도착했네.

남은 치즈 열다섯 개가 든 상자는 궤짝 무게까지 더해 30킬로그램이 넘었어. 그래도 나는 이 괴물을 번쩍 들고 지하실 계단을 올라가 현관까지 도착했네. 현관문을 열자 택시 운전사가 내게서 상자를 넘겨받았어. 택시 운전사는 택시까지 네 걸음 옮기는데도 아주 끙끙대더군.

나는 외투를 입고 모자를 쓴 뒤 내 치즈 상자에 합류했네. 이웃집 페이테르스 부인이 창가에 서서 이 모든 과정을 지극히 흥미롭게 지켜보았지. 우리 집 위층의 창가에도 아내가 나타나는 모습이 보이더군.

나는 특허를 받은 그 창고에 상자를 보관시킨 뒤 택시를 돌려보냈네.

나의 치즈 유언장이 작성되었어.

왜인지는 알 수 없지만, 아내는 내가 택시를 타고 가는 것을 보았는데도 아무것도 묻지 않았고, 형님도 치즈 판매량과 재고량에 대해 일절 관심을 보이지 않았네. 형님은 자기 환자들이나 내 아이들, 아니면 정치 이야기만 했네. 혹시 아내와 상의를 한 것일까?

그리고 호른스트라 씨는 내일 도착할 거야.

얀이 판 치즈 한 상자 값과 치즈 공 열한 개의 값은 봉투에 넣어 사무실에 준비해두었네.

내일 무슨 일이 우리를 기다리고 있는지 차라리 아내에게 말해야 하지 않을까? 아서라, 아내는 지금도 근심거리가 넘치는걸.

호른스트라 씨와의 면담이 아무리 두렵다 해도 나는 순교자처럼 구원의 죽음을 갈망하기 시작했네. 남편과 아버지로서의 내 위신은 날이 갈수록 떨어지고 있다는 생각이 들었기 때문이지. 이게 도대체 무슨 상황이란 말인가! 아내에게 지금 나는 공식적으로는 조선소 직원이지만 가짜 진단서를 이용해 가프파 사장 노릇을 하는 남편이네. 무슨 범죄자처럼 숨죽여 암암리에 치즈를 팔아야 하는 신경증 환자지.

아이들에게도 그렇지. 속내가 어떤지는 털어놓지 않지만, 아이들은 이 터무니없는 치즈 판타지를 병적인 것으로 서로

이야기한다는 건 확실히 알고 있네. 모름지기 아버지는 강인하며 늘 한결같아야 하지. 직업이야 시장이건 책을 만드는 사람이건 사무원이건 일용 노동자이건 별문제가 되지 않아. 하지만 그게 무슨 일이건 오랜 세월 자신의 의무를 다해온 사람이 나처럼 누가 하라고 한 사람도 없는데 뜬금없이 치즈 사업을 한답시고 웃기지도 않는 연극을 펼치면, 그런 사람을 아버지라고 할 수 있겠나?

정상이 아닌 것은 분명하네. 그런 경우 한 나라의 장관이라면 사임을 하고 시야에서 사라지겠지. 하지만 누군가의 배우자이자 아버지는 자살이라도 하지 않는 한 결코 사임할 수 없네.

그리고 형님은, 매상이 어떻게 되어가는지 묻던 질문을 어느 날 갑자기 중단했다네. 형님은 처음부터 이 일이 어떻게 흘러갈지 알고 있었던 거야. 그렇다면 왜 거절하지 않고 나에게 진단서를 끊어주었을까? 아무짝에도 쓸모없는 샘플 약품을 매일 갖다주는 것보다는 그편이 더 분별 있는 일이었을 텐데 말이야. 능청스러운 사람 같으니! 형님이, 마치 죽어가는 사람의 상태를 묻는 것처럼 내 사업이 여태 끝나지 않았는지 아내에게 넌지시 묻는 소리가 들리는 것만 같네. 아내는 내가 그사이 지하실에서 치즈 상자를 꺼내기는 했다고 대답하는 거지.

버림받았다는 무서운 느낌이 나를 엄습했네. 지금 내게 가족이 무슨 소용인가? 결국 그들과 나 사이엔 치즈 벽이 있는 것인가? 만일 내가 유감스럽게도 자유사상가만 아니었다면 기도라도 올렸을 텐데. 하지만 나이가 쉰 살이나 되어서 치즈 문제로 안 하던 기도를 갑자기 할 수는 없지 않겠나?

문득 어머니 생각이 났네. 이런 치즈 재앙을 옆에서 보지 않으셨으니 참 다행이지. 어머니가 이불솜을 풀기 전, 그 시절이었다면, 내가 이런 고통을 겪지 않게 하시려고 치즈 이천 개 값은 선뜻 내주셨을 텐데.

이제 나는 이 모두가 내 탓인지 궁금하네. 애초에 왜 나는 그 치즈 수레를 몰았던가? 처자식의 팔자를 고쳐주겠다는 열망이 나를 채찍질해서? 그랬다면 숭고한 일이겠지만, 나는 그런 예수 그리스도 같은 인간이 아니네.

판스혼베커 씨 집의 잡담회에서 폼을 잡기 위해서였나? 그것도 아니야. 내가 가진 허영심은 거기서 만족을 찾을 수 없었으니까.

그렇다면 나는 왜 그랬을까? 치즈에 진저리를 치는 사람이. 치즈 사업을 해보고 싶어 한 적도 없는 사람이. 가게에서 치즈를 사는 것만 해도 내게는 이미 하기 싫은 일이야. 그런데 치즈를 잔뜩 들고 돌아다니며 어떤 선한 사람에게 내 어깨의 짐을 덜어달라고 애원하는 일은, 나는 할 수 없네. 차라리 죽는 게 낫지.

나는 왜 그랬을까? 이건 그저 악몽이 아니라 쓰디쓴 현실이네. 나는 치즈를 그 특허받은 창고에 영원히 묻어버리고 싶었건만, 치즈는 창고를 부수고 나와 내 눈앞에서 유령처럼 어른거리며 내 영혼을 짓누르고 악취를 풍기고 있지.

내 생각에는 내가 너무 물러서 일어난 일이네. 판스혼베커 씨가 내게 해보겠느냐고 물었을 때, 나는 그의 제의와 치즈를 뿌리쳤어야 했지만 그럴 용기가 없었어. 그리고 그 비겁함에 대한 대가를 지금 치르고 있는 셈이네. 결국 내게 닥친 치즈 시련은 당해도 싼 것이지.

19

최후의 날이 밝아왔네.

나는 9시 반까지 침대에 있었고, 느긋하게 커피를 마시다 보니 10시 반이 되었더군. 신문은 도저히 읽히지 않았어. 그래서 그냥 사무실로 갔지. 뭘 해야 할지 몰라 제집으로 들어가는 개처럼.

그러다 문득 어떤 영감이 떠올랐네.

내가 호른스트라 씨와 꼭 대면해야 할 필요가 있을까? 얼마 되지 않는 돈은 우편으로 부치면 되고, 치즈는 그 창고에

멀쩡하게 보관되어 있는걸. 뭐 하러 아내까지 그 괴로운 장면을 봐야 하나?

나는 10시 50분쯤에 현관문 옆의 응접실에 앉아 있었네.

어쩌면 아예 오지 않을 수도 있어. 죽었을 수도 있지. 파리로 바로 갔을 수도 있고. 하지만 그러면 미리 연락을 해주었겠지. 네덜란드인들은 그렇게 지각없는 사람들이 아니거든. 좀 늦을지는 몰라도 오기는 올 사람이야.

홀연 근사한 리무진 한 대가 그림자처럼 조용하게 우리 집 앞으로 쓱 미끄러져 오더니 초인종이 울렸네. 벨 소리가 가슴을 아프게 후벼 파는 바람에 나는 얼굴을 찡그리며, 자리에서 일어났네.

아내가 부엌에 양동이를 내려놓고 문을 열어주려고 복도를 지나오는 소리가 들렸지.

아내가 응접실 문까지 딱 왔을 때, 나는 복도로 휙 튀어나와 길을 가로막았네. 아내는 지나가려 했지만 나는 아내를 뒤로 밀쳐냈지. 치즈도 이렇게 밀쳐냈어야 했는데……

"문 열지 마!" 내가 씩씩거리며 말했어.

아내는 마치 속수무책으로 살인 장면을 목격한 사람처럼 화들짝 놀란 표정으로 나를 뚫어져라 보았지. 아내를 만난 지 30년이 됐지만, 처음으로 아내는 무서워하고 있었네.

나는 아무 말도 하지 않았어. 사실 말이 필요 없었지. 아내는 하얗게 질린 얼굴로 다시 부엌으로 들어갔으니까.

나는 길이 훤히 내다보이는 응접실 한구석에 서 있었어. 밖에서 안을 보면 어스름만 보일 거야. 옆집 부인도 물론 그 집 응접실에 서 있다는 걸 알고 있네. 나와는 몇 걸음 떨어져서 말이야.

초인종이 다시 울렸네. 명령하는 듯한 그 목소리가 조용한 집 안에 덜덜 울렸지.

얼마간 기다린 끝에 운전기사가 차로 걸어가는 모습이 보였네. 뭐라고 말을 한 다음, 차 문을 열자 호른스트라 씨가 차에서 내렸어. 반바지에 체크무늬 여행 복장을 하고 영국식 모자를 썼으며, 목줄을 맨 강아지를 데리고 있었네.

호른스트라 씨는 의아한 표정으로 침묵에 잠긴 우리 집을 올려다보더니 창문으로 다가와서 두리번거리며 안을 들여다보았네. 그가 뭐라고 말을 했지만 무슨 말인지 알아들을 수는 없었어.

그때 난데없이 페이테르스 부인이 나타났지.

오지랖을 부리려고 나온 것이지. 호른스트라 씨는 부인 집의 초인종을 누른 게 아니거든. 그랬다면 내 귀에도 들렸을 테고.

이제 부인은 호른스트라 씨가 아무것도 보지 못한 우리 집 안에서 자신은 뭔가를 발견할 수 있다는 듯이 우리 집 창문에 코를 갖다 대었네. 만정이 다 떨어지는 노인네야. 하지만 그럴 만하기는 하지. 저 할망구가 무슨 딴 일을 하면서 긴긴 하루를 보낼 수 있겠는가? 외출도 하지 않는 데다 우리 집 앞 풍경은 노상 똑같은 영화가 나오는 영화관이나 마찬가지인데.

이번에는 페이테르스 부인이 직접 초인종을 눌렀네. 그러자 호른스트라 씨는 몇 차례 손짓을 하고 나서 지갑을 꺼내 부인에게 사례를 하려고 했는데 부인은 한사코 사양했지. 제스처가 보아하니 그랬어.

부인은 호른스트라 씨에게 영혼을 팔지 않은 것이지. 그러니까 부인은 내가 정말 집에 있는지 없는지 자기 부담하에 알고 싶었던 것이네.

잘했어요, 페이테르스 부인!

찬장에 올려둔 치즈 공 반 개가 아직 남아 있다면, 이다를 시켜 부인에게 선물로 드려야겠어.

호른스트라 씨는 강아지를 끌면서 차에 올라탔네. 차 문이 닫히고, 리무진은 올 때와 마찬가지로 소리 없이 스르르 사라져갔지.

나는 잠시 그대로 서 있었는데, 내 온몸이 크나큰 체념으로 가득 채워졌네. 마치 침대에 누워 있는데 사랑으로 넘치는 손이 이불을 덮어주는 그런 느낌이랄까!

하지만 나는 부엌에 가봐야 했네.

아내는 우두커니 서서 정원만 내다보고 있었지.

나는 다가가서 두 팔로 아내를 감싸 안았네. 그리고 나의 첫 눈물이 풍상에 시달린 그녀의 얼굴 위에 떨어졌을 때, 아내도 나를 따라 울고 있는 것이 보였어.

그러자 홀연 부엌이 사라졌네. 밤이었고, 아이들도 없이 우리 둘만이 어느 한갓진 장소에 서 있었지. 마음껏 편히 울기 위해 한적한 장소를 찾아 나섰던 30년 전처럼.

치즈 탑은 무너졌네.

20

나는 심원한 수렁에서 땅 위로 올라왔고, 안도의 한숨을 내쉬며 오래된 그 족쇄를 다시 발목에 채웠지. 오늘 종합 해양 조선 회사로 돌아왔네.

그런 배신을 하고 나면 죄책감이 들게 마련이고, 동정심을 잃지 않기 위해서 나는 사실 예정보다 훨씬 일찍 직장에 복귀한 사람의 역할을 최선을 다해 연기했어.

하지만 그럴 필요까지는 없는 일이었네. 동료들은 그야말로 나를 향해 쇄도했고, 판데르타크 양은 내가 잘못했다며 이 달 말까지는 집에서 쉬었어야 했다고 나무랐지. 물론 내가 병가 기간 동안 월급을 한 푼도 받지 못한다는 걸 모르고 있었던 거지.

"거보시오, 신경증에는 주사위 게임만 한 게 없다니까." 타월이 내 허리춤을 조심스레 툭 치며 말했어.

동료들은 창문을 등지고 앉는 배치에 대한 내 의견을 물었고, 새 압지 두루마리를 보여주었으며, 안경을 쓰기 시작한 하머르를 한번 보라며 가리켰지.

증기기관차를 운전하던 피트 영감은 나를 보고는 정신 나간 사람처럼 모자를 흔들어주었네. 나는 잠시 밖으로 나가 허구한 날 윤활유로 범벅되어 있는 그의 시커먼 손을 힘차게 잡았지. 피트 영감은 자신의 강철 애마에서 몸을 숙이고 내 몸이 들썩거릴 정도로 내 팔을 흔들어대며 입담배를 우걱우걱 신나게 씹었지.

"시가 맛은 좋던가?"

피트 영감은 동료들이 내게 무슨 선물을 했는지조차 모르고 있더군.

"기가 막힙디다. 나중에 몇 개 갖다줄게요."

피트 영감은 나에 대한 환영의 표시로 기적을 세 번 삑삑 울리더니 기분 좋게 오만 번째 조선소 순환 운행을 하러 갔지. 곧이어 나는 예전의 내 자리에 다시 앉아 일을 시작했네.

동료들은 내게 가벼운 주문서만 주면서 타이핑하게 했고,

기술 용어가 난무해서 꽤 피곤한 장문의 시방서는 자신들이 직접 쳤지. 판데르타크 양은 자기가 초콜릿을 하나 먹을 때마다 내게도 하나를 나누어주었어.

희한한 일이지. 그 오랜 세월 우리 사무실이 이렇게 분위기가 좋았는지 나는 미처 알지 못했네. 치즈에 둘러싸여 있을 때는 숨 막혀 죽을 것 같았다면, 여기서는 문서와 문서 사이에서 내면의 소리까지 얼핏 들을 수 있을 정도였어.

21

그날 저녁 나는 호른스트라 씨에게 편지를 써서 건강상의 이유로 벨기에와 룩셈부르크 공국의 대리인 일을 중단할 수밖에 없게 되었다고 통보했네. 치즈는 푸른모자 물류 회사의 특허받은 창고에 보관되어 있으며, 모자라는 치즈값은 우편환으로 보내주겠다고 덧붙였어.

이 편지로, 나는 돌아갈 길을 스스로 차단해버렸네. 다시 치즈 바람이 들지는 않을지 누가 알겠나?

실제로 사흘 뒤 브뤼허 중개상인 르네 비앙이 보낸 주문서를 받았는데, 고객 열네 명에게 총 4200킬로그램의 치즈를 팔았다는 거야. 주문장은 완벽하게 작성되어 있었네. 주문 날짜, 고객의 이름과 주소, 그리고 나머지 칸도 모두.

아무튼 나는 서류철에서 그의 지원서를 찾아보지 않고는 배길 수가 없었네. 지원서는 이런 내용이었지. "치즈를 한번 좀 팔아보겠습니다. 브뤼허, 로젠후드카이 길 17, 르네 비앙." 브뤼허에서 지원한 사람은 그 남자 하나뿐이어서 사무실로 부르지 않았기 때문에 지원서 어디에도 내가 면접을 보면서 적은 메모는 없었어. 잘되기를 바라면서 나는 나머지 스물아홉 명에게 그랬던 것처럼 그에게도 열 장의 주문서를 보냈어. 그러니 그 사람이 나이가 많은지 젊은지, 세련됐는지 추레한지, 지팡이를 들고 다니는지 아닌지 영영 알 수 없겠지.

나는 이 주문서를 아무런 코멘트 없이 호른스트라 씨에게 보냈네. 어쩌면 수수료 5퍼센트를 받을 수 있을지도 몰라. 그래, 알고 있었지만, 이 주문서 시스템은 참 잘 만든 것 같아.

22

판스혼베커 씨한테 전화가 왔네. 전화는 1년 치 요금을 미리 내둔 터라 아직 사용이 가능했거든. 그는 내가 사업을 그만둔 이유를 묻더군. 호른스트라 씨가 찾아와서 나와 일을 계속할 수 없게 되어 유감이라고 했다는 거야. 그리고 치즈가

그런 최고의 상태로 보관되어 있어서 만족감을 표시했다고
했어.

그러면 설마 내가 치즈 20톤을 다 먹어치우기라도 했을 거
라고 생각했단 말인가?

"우리 안트베르펜 사람들은 최소한 치즈를 어떻게 보관하
는지 잘 알지 않소? 이번 수요일에 올 거요?" 판스혼베커 씨
가 물었어.

나는 판스혼베커 씨의 모임에 그냥 다시 갔고, 그는 내게
또 축하를 했지.

거기에 다시 다 모여 앉아 있더군. 똑같은 객소리, 똑같은
얼굴, 그런데 치즈 공 반 개의 그 늙은 변호사만 없었어. 그새
죽었다고 하더군. 그가 앉던 자리에는 공증인 판데르제이펀
씨의 아들이 앉아 있었는데, 지폐 20만 장을 자기 아버지한
테서 뽑아내는 데 내가 손을 빌려줄지 어쩔지 아직도 모르고
있었지.

판스혼베커 씨는 당연히 내 형님으로부터 내가 다시 조선
소에 나간다는 얘기를 들었을 텐데 자기 친구들에게는 아무
말도 하지 않았고, 사람들은 나를 여전히 가프파 대표로 대우
해주었어.

집주인이 우리를 서로 인사시켰네.

"이쪽은 판데르제이펀 씨, 이쪽은 라르만스 씨."

우리는 둘 다 이렇게 말했지.

"만나서 반갑습니다."

이어 판데르제이편은 연거푸 웃음을 터뜨리는 옆 사람과 은밀한 대화를 계속 나누더군.

"정어리가 들어오면 꼭 연락해주셔야 합니다."

금니의 그 남자가 말했지.

판데르제이편은 낄낄 웃으며 나를 쳐다보더니 이 주문을 적어두어야 하는지 물었네.

23

오늘 나는 어머니 묘소를 찾아갔네. 아니, 정확히 말하면 부모님 묘소라고 해야겠지. 매년 가지만 이번에는 그 날짜를 앞당겼어. 치즈의 상처를 한시라도 빨리 아물게 하고 싶어서였네.

꽃을 사는 일은 중고 책상을 구입할 때만큼이나 어려웠어. 꽃집에 갔더니 소국, 중간 크기의 국화, 식빵처럼 엄청나게 큰 대국, 이렇게 세 종류가 있지 뭔가. 나는 소국에 흘낏흘낏 눈길을 던졌는데도 주인은 내게 대국을 팔더군. 그것도 열두 송이나. 주인은 새하얀 포장지로 꽃을 감싸더니 몇 킬로미터

밖에서도 보일 만큼 거대한 통에 담아주며 나를 내보냈어. 이런 걸 들고 시내를 가로질러 갈 수는 없지. 안 돼. 공동묘지를 찾는 일이 아무리 공경할 만한 일이라고 해도 절대로 안 되지. 이렇게 지나치게 큰 꽃다발은 그 성 요셉 석고상보다 더 우스꽝스럽게 보일 거야. 이런 꽃다발을 대체 누가 살 것이며, 딱 봐도 내가 꽃 장수한테 사기를 당한 것이지. 결론은 택시를 타는 것이었네.

공동묘지는 앞을 헤아릴 수가 없는 곳이야. 반듯한 가로수 길로 일정하게 구획되어 있는데, 그 길들은 서로 비슷하게 생겨서 그나마 무덤으로만 간신히 구분할 수 있을 정도였으니까. 그것도 숙달된 눈으로나 말이야. 나는 중앙 가로수 길로 가다가 세 번째 길에서 오른쪽으로, 다시 두 번째 샛길에서 왼쪽으로 접어들었네.

여기 어디쯤에 있을 텐데. 저 끄트머리에 있는 검은 기둥 쪽으로 천천히 걸어갔어.

그런데 묘지가 대체 어디로 갔나? 분명 이 왼편에 있었는데. 엉뚱한 묘들만 보였네. 야콥스 더프레레터르의 가족묘. 요하나 마리아 판데벨더 양. 사랑하는 우리 딸 히셀러.

진땀이 삐질삐질 나기 시작하더군. 그런데 저 사람은 무슨 생각으로 저러고 있는 것일까? 이제 보니 기둥이 아니라 기도하고 있는 여자였네. 어쨌든 그 여자한테 내 부모의 묘가 어디 있는지 아느냐고 물어볼 수는 없는 노릇이야. 그런데 행여나 여기서 내 누이 중 하나를 난데없이 만나면 어떡해야 할까? 누이는 당연히 내가 우리 아버지 어머니의 묘를 찾아가는 길이라고 생각하겠지. 그러지 않고서야 뭐 하러 꽃다발을 들고 여기서 돌아다니겠나? 아무튼 실제로 그런 일이 일어난다면 나는 아무 묘석 위에 꽃을 내려놓고 잽싸게 내빼버리려고. 아니면 '어, 누이도 여기 왔네?' 하고 말할 수도 있겠지. 그러고는 얌전히 누이 뒤를 따라서 부모님 묘소에 가는 거야.

누가 내 귀에 대고 뭐라 말을 하는지 귀가 간질간질한 느낌이 들어 중앙 가로수 길로 돌아가 처음부터 새로 시작해보았네. 세 번째에서 오른쪽, 두 번째에서 왼쪽. 결과는 다시 똑같은 그 샛길이었지.

그러면 그냥 계속 가보자. 나는 공동묘지의 반대편 끝으로 가야 하는 사람처럼 걸어갔네. 국화꽃 줄기는 가슴팍에 눌러야 했어. 그러지 않으면 꽃이 바닥에 끌릴 것 같았네.

까치발을 하고 그 여자 뒤를 지나가는데, 홀연 부모님의 묘가 보이더군. 나를 향해 불쑥 튀어나왔다고나 할까! 그 기도하는 여자 바로 옆이었어. 크리스티안 라르만스와 아델라 판엘스트. 아, 정말 다행이다! 이제는 누이들이 와도 상관없어.

믿기 어려울 정도로 사위가 고요했네. 이따금 앙상한 나무에서 물방울이 떨어졌지.

모자를 벗고. 일 분간 묵념.

마음이 편안해지더군. 여기 누워 계신 두 분은 내가 겪은 치즈 이야기를 전혀 모르시지. 아마 아셨다면 어머니는 어쨌든 가프파로 달려와 나를 위로하고 옆에서 도와주셨을 거야.

나는 거대한 꽃다발을 대리석 판 위에 살그머니 내려놓고, 내 옆의 검은 형체를 슬쩍 곁눈질하다가 부모님께 꾸벅 인사를 한 다음, 모자를 다시 쓰고는 자리를 떠났네. 무덤을 다섯 개 더 지나 옆길로 들어갔는데, 거기서 한 번 더 뒤돌아보았네.

순간 나는 못 박힌 듯 꼼짝도 못 하고 계속 서 있었어. 저 여편네가 우리 무덤에서 뭘 하는 건가? 내 국화꽃을 슬쩍 해서 자기 무덤에다 놓으려는 건가? 그건 정말 지독한 짓인데.

그런데 여자가 흰색 포장지를 벗기는 모습이 보이더니 이내 적갈색의 풍성한 꽃이 드러났어. 여자는 국화 다발을 펼쳐서 석판 위에 놓았는데 우리 부모님의 이름을 가리지 않게 앞으로 당겨놓더군. 그런 다음 성호를 긋더니 우리 부모님의 무덤 앞에서 기도를 하기 시작했어.

나는 몸을 숙이고 눈에 띄지 않게 중앙 가로수 길까지 살금살금 걸어 나가 공동묘지를 빠져나왔네.

타고 온 택시는 우리 집 앞 길모퉁이에서 세웠어. 그러지 않으면 아내가 해명을 요구하겠지. 왜냐하면 이제 나는 사업가가 아니니까. 그리고 묘지에 갈 때는 전차를 탔어도 됐을 테고.

24

집에서는 이제 '치즈'의 '치' 자도 나오지 않았네. 얀조차 자기가 멋지게 팔아치운 치즈 상자 얘기를 더는 입에 올리지 않았고, 이다는 죽은 듯 말이 없었지. 아마도 아직도 학교에서 '치즈 장수'라고 불리는 모양이야.

아내로 말하자면, 치즈를 일절 밥상에 올리지 않았네. 몇 달이 지나서야 내 앞에 프티 스위스 치즈를 내놓았지. 이 부드러운 흰 치즈는 뱀과 나비 사이처럼 에담 치즈와는 닮은 점이 하나도 없었어.

사랑하는, 내 착한 아이들아!

사랑하는, 내 사랑스러운 아내여!

1933년, 안트베르펜

해설

내 인생 최고의 시절

1

빌럼 엘스호트는 벨기에 플란데런 지방의 중심 도시인 안트베르펜에서 태어났다. 본명은 '알폰스 요세프 더리더르'인데, '엘스호트'라는 필명은 안트베르펜 근교의 숲 이름에서 가져왔다. 소년 알폰스는 어릴 적 여름방학이면 외가가 있는 블라우베르흐 마을의 이 숲을 거닐었다고 한다(블라우베르흐에는 엘스호트를 기리는 '치즈'라는 이름의 동상이 있다).

엘스호트는 쉰네 살 즈음인 1936년에 편지 형식의 간략한 자서전을 썼는데, 간추려보면 다음과 같다.

나는 1882년 5월 7일 안트베르펜에서 태어났다. 아버지는 안트베르펜 출생으로 빵집을 운영했다. 어머니는 안트베르펜 근교의 베스테를로 출생이다. 안트베르펜의 시 의사인 형제가 있고 세 명의 누이가 있다. 형제 넷은 어려서 죽었다.

나는 안트베르펜에서 시립 초등학교를 다녔으며, 왕립 아테네움에서는 네덜란드어 교사 폴 드몽•을 만났다. 열여섯 살쯤에 학교를 그만둬야 했는데 나의 난폭한 행동이 원인이었다. 그 후 이런저런 일을 하기는 했지만 몇 해 동안 시간을 죽이며 보냈다. (……) 안트베르펜 상과대학에 입학한 지 3개월 후인 1901년 8월 29일에 나는 아버지가 되었다. 1904년에 학업을 마친 후 안트베르펜의 콩고 식민회사에서 일했고 몇 달 후에는 상업신용 은행에서 일했다. 1년을 채 버티지 못하고 몇 달 후 파리에서 아르헨티나의 사업가 부스토스의 비서 일을 맡게 되었다. 1908년에 미혼의 단신으로 파리에서 로테르담으로 이사해 스히담에 있는 조선 회사의 수석 특파원이 되었다. 몇 달 후, 1901년에 태어난 사내아이의 어머니와 결혼했고, 안트베르펜 근처에 살던 모자를 로테르담으로 데려왔다. 로테르담에 사는 동안 《장미 빌라》를 썼는데, 파리에서

• 벨기에의 시인 폴 드몽(1857~1931). 엘스호트는 네덜란드어 교사였던 폴 드몽에게서 문학에 대한 영감을 얻은 것으로 알려져 있다.

의 하숙집 생활을 담았다. 1934년경에 출판한 시들도 썼다. 3년 반 후에 스히담의 조선 회사를 그만두고 우연히도 내 이름과 같은 더리더르사에서 회계사 겸 특파원으로 일하기 시작했다. 벨기에에서 데려온 큰아들이 학교를 다녔던 로테르담에서 4년을 보낸 후 나는 벨기에로 돌아와 젤라틴 공장의 회계사로 일했다. 1년 후 그 젤라틴 공장을 그만두고 친구 두 명과 함께 잡지 《라 레뷰 콩티낭탈 일뤼스트레》(《설득》에 묘사된)를 창간했다. 내가 아내와 두 아이와 함께 로테르담을 떠났을 때가 1912년이었던 것으로 기억한다. 브뤼셀에서 살던 중 전쟁이 발발해 독일군이 들어오기 며칠 전, 그러니까 1914년 8월 초에 브뤼셀을 떠났다. 나는 아내와 그사이 넷이 된 아이들과 함께 안트베르펜의 부모님 집으로 피란했다.

전쟁 중에 나는 국민 식량 구호 위원회 산하의 지방 수확국 비서로 일했다. 그래서 독일 점령 기간 배고픔을 겪지는 않았다.

전쟁 중에 아이 둘이 더 태어나서 현재 아이가 여섯이다.

전쟁이 끝난 후 나는 광고계로 돌아갔다. 이번에는 친구 르클레르크와 함께 '상업 선전, 르클레르크와 더리더르'라는 회사를 설립했다. 나중에 암스테르담의 유대인인 더하스가 합류했다. 우리 사무실은 안트베르펜에 있었고, 나중에는 브뤼셀에도 사무실을 냈다. 1931년까지 그렇게 유지하다가 나는 회사를 더하스와 르클레르크에게 넘기고 독립해 지금까지 내 회사를 운영하고 있다.

1932년이나 1933년에 나는 네덜란드 시인 얀 흐레스호프를 우연히 만나게 되었는데, 그가 내게 글을 계속 쓰도록 독려해서 나는 《치즈》와 《치프》를 썼다.

엘스호트는 고등학교를 중퇴했고 열아홉 살에 아버지가 되었으며 다시 공부를 시작했다. 학업을 마친 후에는 상업 분야의 사무원으로 여러 일자리를 거쳤으며, 여섯 자녀의 아버지가 된 후 광고계에서 자신의 사업을 시작했다. 그가 동업자와 함께 설립한 광고 회사는 브뤼셀에 지사를 낼 정도로 큰 성공을 거뒀고, 독립해서 세운 회사도 성공했다. 이 모든 경험이 그의 소설에 담겨 있다. 그런데 엘스호트는 그 광고업계를 좋아하지 않았다고 한다. 사망하기 직전에는 이런 말을 남겼다. "나는 광고뿐만 아니라 상업 전반에 대해서도 넌더리가난다. 그래서 어떤 식으로든 거기에서 벗어나려고 《설득》을 썼다."

엘스호트는 생업을 이어가면서도 열한 편의 소설과 한 권의 시집을 펴냈다. 1900년에 친구들과 함께 펴낸 문학 격월간지 《계속해서》에 시를 발표한 이후로, 1913년에 첫 소설 《장미 빌라》를 냈다. 로테르담에서 살던 시기에 쓴 이 작품은 파리 생활의 기억을 바탕으로 하는데, 당시에는 별다른 주목을 받지 못했다. 1920년대에 발표한 《환멸》(1920), 《구원》(1921), 그리고 광고업계의 기만적 행태를 다룬 《설득》(1923) 이후로 엘스호프는 글쓰기를 중단하고 자신의 생업에 전념했다. 그러다가 1933년 《치즈》를 시작으로 《치프》(1934), 《연금》(1937), 《다리》(1938), 《사자 조련사》(1940), 《유조선》(1942), 《도깨비불》(1946)을 잇달아 발표하며 왕성하게 활동했다. 그사이 스물두 편의 시를 담은 시집 《초기 시》(1934)도 내놓았다.

엘스호트의 작품에는 그의 또 다른 자아라고 할 수 있는 프란스 라르만스가 반복해서 주인공으로 등장한다. 《설득》, 《치즈》, 《연금》, 《다리》, 《사자 조련사》, 《도깨비불》에서 라르만스는 소시민의 안전한 삶과 모험에 대한 욕구 사이에서 내적 갈등을 겪는다. 《치즈》에 나오는 라르만스의 딸과 아내의 이름 또한 엘스호트의 실제 딸과 아내의 이름과 같다. 1930년대 안트베르펜을 배경으로 평범한 중산층의 모습을 보여주는 라르만스는 플란데런 문학의 고전적 인물로 자리 잡는다.

안트베르펜의 성모 성당 근처 골목에는 이 소설을 만화로 각색한 네덜란드 만화가 딕 마테나가 라르만스의 모습을 벽화로 그려놓았다. 벽화 속 라르만스는 안트베르펜의 상징적인 건물인 시청사와 브라보 동상을 배경으로 손에 치즈 가방을 들고 있다.

2

엘스호트의 인생에서 문학사가 새길 만한 하루를 꼽으라면 1933년 1월 21일이라고, 엘스호트 전집의 편집자인 페터르 더브라윈은 말한다. 바로 엘스호트가 얀 흐레스호프를 처음으로 만난 날이자《치즈》의 탄생 일화가 생겨난 날이다. 그날 안트베르펜의 플랑탱-모레튀스 박물관에서 엘스호트는 친구 아리 델런*과 함께 네덜란드 문인 두 사람, 메노 테르브라크,** 얀 흐레스호프를 만났다. 아리 델런은 엘스호트와 안트베르펜 아테네움에 다닐 때 함께《계속해서》를 펴낸 문우

● 플란데런의 작가, 미술사학자인 아리 델런(1883~1960).

●● 네덜란드의 작가, 문학평론가, 언론인인 메노 테르브라크(1902~1940). 1930년대 네덜란드 문학계의 대표적인 잡지《포륌》을 창간했다.《치즈》의 초고를 읽고,《포륌》에 5회에 걸쳐 연재했다.

이자 평생 친구로, 당시 플랑탱-모레튀스 박물관에서 큐레이터로 일하고 있었다. 엘스호트는 델런을 통해 여러 작가를 만나 교류하고는 했다. 네덜란드에서 온 손님들과 안트베르펜의 두 친구는 델런의 사무실에서 만났다. 이들이 엘스호프의 《설득》에 관한 대화를 나누던 중, 흐레스호프는 델런의 서가에서 《설득》을 꺼내 펼치더니 "1923년, 10년이 지났군"이라고 말한다. 《설득》 이후 새 작품을 발표하지 않고 있던 엘스호트에게 이 말은 '채찍'이 되어 곧장 새 작품을 쓰기 시작했는데, 그 작품이 바로 《치즈》다.

엘스호트의 대표작이 과연 이 주 만에 뚝딱 탄생했을까? 엘스호트의 전기 작가 말로는, 1926년에 엘스호트의 어머니가 돌아가셨을 때 이미 책이 잉태되었다고 한다. 그런가 하면 델런이 흐레스호프에게 보낸 편지에서는, 더는 글을 쓸 생각이 없었던 엘스호트가 흐레스호프의 어떤 글에 영감을 받아서 반년 전부터 '편지 형식의 이야기'를 구상하고 있었다는 내용도 있다. 어쨌거나 흐레스호프가 이 책의 출산에 결정적인 역할을 한 것은 틀림없는 모양이다.

그로부터 몇 주 뒤 엘스호트는 흐레스호프에게 편지를 쓴다.

새 작품을 썼는데 십사 일이라는 기록적인 시간이 걸렸습니다. 지난 몇 년 동안 몇 차례 시도했지만, 잘되지 않았지요.

(……) 이 책은 당신 덕분입니다.●

며칠 뒤에는 이런 편지를 다시 보냈다.

《치즈》를 당신에게 헌정했습니다. 집필은 이제 끝냈어요.

3

플란데런 문학사상 가장 많은 외국어로 번역된 이 작품은
(37개 언어) 작가 스스로가 가장 흡족한 작품으로 꼽기도 했
다. 그는 그 이유를 한 인터뷰에서 이렇게 밝혔다.

왜냐하면 제 생각에는 여건상 어쩔 수 없이 자신의 성격, 재
능, 기질에 완전히 반하는 분야의 일에 종사해야 하는 남자
의 심경과 비애를 균형감 있게 묘사할 수 있었기 때문입니
다. 이 책은 다른 책들보다 훨씬 더, 내 삶의 단면이고, 광고
와 상업에 대한 나의 혐오감을 표현한 것입니다. 광고라는
주제는 모사하기엔 너무 추상적이어서 치즈를 택했습니다.

● 1933년 2월 16일, 엘스호트가 흐레스호프에게 쓴 편지.

치즈는 모양도 있고 색깔도 있고 냄새도 나고 때로는 악취도
나지요. 생선을 택할 수도 있었겠죠.
게다가 《치즈》는 내가 로테르담에서 일하던 때, 내 인생 최
고의 시절을 묘사한 것이거든요.

문장의 군더더기를 덜어내고 간결하게 만드는 일을 네덜란
드어로 '엘스호트 검토'라고 부른다. 내용의 본질을 보존하면
서 반복과 중첩을 피해 글자를 덜어내는 글쓰기를 일컫는 말
이다. 메노 테르브라크는 〈빌럼 엘스호트의 성격〉이라는 글
에서 엘스호트의 문체에 대해 이렇게 말한 바 있다. "쓰지 않
아도 되는 단어는 없고, 과한 몸짓도 없으며, 불필요한 언급
도 없다. (……) 이야기는 패배가 아닌 패배로 끝날 때까지 온
화한 유머의 냉철한 어조로 계속 이어진다."

엘스호트의 문학은 벨기에 플람스어권 및 네덜란드어권에
서 고전으로 평가받는다. 주요 작품이 플람스어권의 권위 있
는 문학상을 받았다. 1934년에 《치즈》로, 1942년에 《연금》으
로 플란데런 문학상을 2회 수상했으며, 1948년에 《도깨비불》
로 3년제 국가 산문상을 받았다. 1951년에는 네덜란드어 문
학에 탁월한 업적을 이룬 작가에게 수여하는 콘스탄테인 하
위헌스상을 받았다.

1960년 안트베르펜에서 일흔여덟 살에 심장마비로 숨을 거

둔 후 5년제 플란데런 문학상이 수여되었다. 1994년 안트베르펜의 메헬서 광장에 엘스호트의 동상이 세워졌다. 2005년 '위대한 벨기에인'의 플란데런 부문에서 마흔아홉 번째 인물로 선정되었다.

《설득》,《다리》,《장미 빌라》,《도깨비불》이 영화로 제작되었으며,《설득》,《장미 빌라》,《치즈》,《구원》이 TV 드라마로 제작되었다.

금경숙

휴머니스트 세계문학 029

치즈

1판 1쇄 발행일 2023년 12월 18일

지은이 빌럼 엘스호트
옮긴이 금경숙

발행인 김학원
발행처 (주)휴머니스트출판그룹
출판등록 제313-2007-000007호(2007년 1월 5일)
주소 (03991) 서울시 마포구 동교로23길 76(연남동)
전화 02-335-4422 **팩스** 02-334-3427
저자·독자 서비스 humanist@humanistbooks.com
홈페이지 www.humanistbooks.com
유튜브 youtube.com/user/humanistma **포스트** post.naver.com/hmcv
페이스북 facebook.com/hmcv2001 **인스타그램** @boooook.h

편집주간 황서현 **편집** 이성근 김대일 김선경 **디자인** 김태형 차민지
조판 아틀리에 **용지** 화인페이퍼 **인쇄·제본** 정민문화사

ISBN 979-11-7087-086-9 04850
      979-11-6080-785-1 (세트)

휴머니스트 세계문학